〔著書〕
「お目出たき人」「幸福者」「友情」など

杉江大志 *Taishi Sugie*

〔著書〕
「城の崎にて」「小僧の神様」「暗夜行路」など

谷 佳樹 *Yoshiki Tani*

白樺派

〔著書〕
「カインの末裔」「生まれ出づる悩み」「或る女」など

杉山真宏（JB アナザーズ）*Mahiro Sugiyama*

〔著書〕
「堕落論」「白痴」「桜の森の満開の下」など

小坂涼太郎 *Ryotaro Kosaka*

自然主義

〔著書〕
「若菜集」「破戒」「夜明け前」など

小西成弥 *Seiya Konishi*

〔著書〕
「武蔵野」「独歩集」「運命」など

斉藤秀翼 *Shusuke Saito*

芥川龍之介

〔著書〕
「羅生門」「鼻」「蜘蛛の糸」など

久保田秀敏 *Hidetoshi Kubota*

萩原朔太郎

〔著書〕
「月に吠える」「蝶を夢む」「青猫」など

三津谷亮 *Ryo Mitsuya*

アンサンブル

佐藤優次
仲田祥司
町田尚規
多田 滉
船橋拓幹
acre
山口 渓
山内大輔

舞台　文豪とアルケミスト　異端者ノ円舞《ワルツ》

戯曲ノ書

原作　「文豪とアルケミスト」（ＤＭＭ ＧＡＭＥＳ）

監修　ＤＭＭ ＧＡＭＥＳ

世界観監修　イシイジロウ

脚本　なるせゆうせい（オフィスインベーダー）

演出　吉谷光太郎

制作　ポリゴンマジック
主催　舞台「文豪とアルケミスト」製作委員会

舞台 文豪とアルケミスト《錬金術師》

異端者ノ円舞《ワルツ》

●用語解説

【アルケミスト】《あるけみすと》
文豪の魂を転生させる不思議な力を持った者。

【文豪】《ぶん-ごう》
アルケミストの力によって、この世界に転生した文学者の姿。文学書を守るために侵蝕者と戦う。

【潜書】《せん-しょ》
アルケミストの力によって、文豪たちが本の中に入ること。

【侵蝕】《しん-しょく》
侵蝕者が文学書、文豪自身を穢《けが》すこと。

【侵蝕者】《しん-しょく-しゃ》
本の中の世界を破壊し、文豪自身をも穢そうとする者。

【有碍書】《ゆう-がい-しょ》
侵蝕者によって穢された文学書。

【補修】《ほ-しゅう》
侵蝕された文豪たちの傷を癒すこと。また、補修を行う部屋を【補修室】という。

この「戯曲ノ書」は、舞台公演の上演台本に基づいています。
書籍化にあたり、加筆修正した箇所があります。
また、実際の公演の演出と差異のある表現もあります。

1 闇

闇――

その中にうっすら浮かび上がる一人の文豪、

萩原朔太郎《はぎわらさくたろう》。

萩原朔太郎　「闇。世の中のあらゆる色を封じ込める孤独な漆黒。ミネルバの梟《ふくろう》のように目を見開こうとも、広がるのはただ無法の闇。この闇を照らせるのは光。いや光ばかりではない。一冊の本、あるいはたったひとつの言葉でも灯台の明かりのように導いてくれることもある。僕が書く詩がそんな存在になってるのか、それはわからないけれど、僕が読んでるこの書簡のやりとりはそこはかとなくその匂いが漂う」

別のスポットライト。

そこに浮かび上がるのは武者小路実篤《むしゃのこうじさねあつ》。

武者小路実篤　「拝啓、志賀直哉《しがなおや》様。もう随分と前のことなのに、初めて出会ったときのことは鮮明に思い出せるよ。あの頃、僕らは学生で、志賀はやけに大人びて見えた」

また別のスポット。志賀直哉が浮かび上がる。

志賀直哉　「拝啓、武者小路実篤様。そう思ってたのか？　まあ実際に年上だったわけだしな。俺が落第して学年が一緒になったことで武者と仲良くなれた。あの頃は、毎日のように遊んで、そして手紙を出し合ってたな」

武者小路実篤　「いつかのときに志賀が言ってた――」

武者小路実篤（志賀直哉）　「自分には心を打ち明けられる友達がいない」

全員　「だからそういう友達になってほしい」

武者小路実篤　「志賀は多くの友人に囲まれていたから、まさかそんな風に声を掛けてくれるなんて思いもしなくて、天にも昇るような気持ちだった。それからその言葉通り、僕らはずっと一緒だったね」

萩原朔太郎　「（書簡を読みながら）志賀直哉と武者小路実篤、『白樺』という雑誌をつくった、唯一無二の親友同士の二人」

武者小路実篤　「僕は今、新作を書きはじめたんだ。でき上がったら真っ先に志賀に見せるから、一番に読んで感想を聞かせて」

志賀直哉　「その新作の題名を聞いて、思わず笑ってしまったよ」

志賀直哉（武者小路実篤）「【友情】」

志賀直哉　「とはさすが武者だな、ひねりなしの真っすぐな題名、武者っぽくていいな」

武者小路実篤　「作品の中には、友情含め、若者が体験するであろう青春のすべてを盛り込みたいんだ」

萩原朔太郎　「だから迷える若者たちに特に読んでもらいたい」

武者小路実篤　「悩んで、間違えて、立ち止まって、うまくいかないことも多いけど、それでも前向きに突き進もう、そう思ってもらえるように」

志賀直哉　「じゃ何十年何百年も」

萩原朔太郎　「語り継がれる名作にしないとな」
武者小路実篤　「そこにいるのは、萩原朔太郎くんかい？」
萩原朔太郎　「おわあっ！」

スポットは解除され、そこには本当に武者小路。
書簡を読んでいたときの照明とは変わる。

武者小路実篤　「やっぱりそうだ、久しぶりだね。朔太郎くんって呼んでもいいかな」
萩原朔太郎　「え、あ、はい・・・き、君は・・・」
志賀直哉　「(遠くからやってきて) おい、武者。あんまり遠くへ」
萩原朔太郎　「ひぃ」
志賀直哉　「いってえ」
武者小路実篤　「あ、そこぶつかるかもしれないから志賀は気を付けてね」
志賀直哉　「ぶつかってから言うなよ！」
萩原朔太郎　「む、む、武者小路実篤さん・・・そして志賀直哉さん・・・」
武者小路実篤　「名乗るのが遅れてごめんね。そうだよ。武者小路実篤です。あと、有島も一緒だよ」

有島武郎《ありしまたけお》、登場。

有島武郎　「こんな暗がりの中で、また新たな文豪と出会うとはね」
萩原朔太郎　「有島武郎さん・・・白樺派が勢ぞろいだ・・・」
武者小路実篤　「朔太郎くん、こんなところにずっと一人でいたの？　気付かなかったよ」
萩原朔太郎　「ぐすっ、そう・・・このままずっと一人ぼっちなのかと・・・孤独で死んじゃいそうだった」
志賀直哉　「この闇の中で、何か読んでいたのか？」
萩原朔太郎　「今ちょうど君たちがやりとりしてた書簡を読んでたとこで」
武者小路実篤　「僕たちのやりとりの？」
萩原朔太郎　「そしたら、現れたんだ、君たちが！　驚いたよ。自分が呼び寄せたのかと」
志賀直哉　「萩原に呼び寄せられたわけではないが・・・俺たちは皆、転生した身の上なのは確かだ」
有島武郎　「そう。あなたも転生したうちの一人なんだよ」
萩原朔太郎　「てんせい？」
武者小路実篤　「まだ実感が湧かないかもしれないけど、僕らは転生して、つまり再び呼び起こされて、今ここにいるんだ」
萩原朔太郎　「そうなんだ・・・」
武者小路実篤　「意外とすんなり受け入れるんだね」
萩原朔太郎　「なんだろう、君たちが言うと不思議とそうなんだって受け入れられる。目の前の君たちは、この書簡の印象とまったく同じで、とても強く繋がっていて、そして真っすぐだ」

武者小路実篤　「僕たちはうんと長い間付き合ってきたからね。志賀と出会ってどれくらいになるかな・・・。そうそう、最近、志賀の作品を読み直してみたんだ。読んだことある?」

萩原朔太郎　「もちろんあるよ」

武者小路実篤　「そうなんだね! ここには本がたくさんあるから、また読んでみてほしいな! 志賀の文章は写実的でありながら一切の無駄がない。まねしようにも誰にもまねできない。だから読者から――」

武者小路実篤（有島武郎）　「小説の神様」

武者小路実篤　「って、呼ばれてたよね」

志賀直哉　「俺からすれば武者の文章だって誇らしい。おまえのその純粋さと、前向きさが詰め込まれた文章は武者にしか書けないんだから」

萩原朔太郎　「本当に仲がいいんだね・・・羨ましいな」

武者小路実篤　「あと、有島はね・・・」

何か不穏な空気と音。

全員　「!?」

文豪たち、空を見上げると、
空へと消える文字たち――

萩原朔太郎　「何、あれ。文字が空に吸い込まれていくような・・・」

芥川《あくたがわ》龍《りゅう》之介《のすけ》　「（登場しながら）文学を蝕《むしば》む輩《やから》が、また現れたようだね」

萩原朔太郎　「!? 龍くん・・・まさか、あの芥川龍之介くん? ・・・」

芥川龍之介　「久しぶりだね、朔くん」

萩原朔太郎　「心細かったから君に会えて本当に嬉《うれ》しいよ・・・あれ? 君もここにいるってことは?」

芥川龍之介　「僕も君と同じく転生した文豪の一人さ。アルケミストの手によって」

萩原朔太郎　「アルケミスト? それが自分を転生させたの? どうして自分なんだろう・・・何もできないのに・・・」

坂口《さかぐち》安吾《あんご》　「そんなことはないぞ。堕落人間代表の俺が保証する」

と、新たに登場した坂口安吾。

萩原朔太郎　「坂口安吾くん!?」

坂口安吾　「後の世に作品という置き土産を残した。それだけで十分、価値はあるじゃねえか」

芥川龍之介　「坂口くんの言うとおり、（萩原の肩を叩《たた》き）萩原朔太郎という人間には『詩』というものがあるじゃないか」
坂口安吾　「また詩を書いて、紡いだ言葉で世界と向き合えばいい」
芥川龍之介　「君にはそれを可能にするだけの才能があるからね」
萩原朔太郎　「・・・龍くんと安吾くんがそう言うなら・・・」
志賀直哉　「久々で募る話もあるだろうが、今はあまりゆっくりできないぜ」
芥川龍之介　「確かに志賀さんの言うとおりですね」
坂口安吾　「あの失われていく文章たちを食い止めないとな」

視線は皆、消えていく文章に集まる。

有島武郎　「あの文章・・・もしかして」
萩原朔太郎　「どうしたの有島さん?」
有島武郎　「身覚えがある・・・」
武者小路実篤　「今度狙われたのは・・・」
志賀直哉　「ああ、有島の作品、【カインの末裔】が有碍書になったようだ」
萩原朔太郎　「ゆうがいしょ?」
志賀直哉　「穢された文学作品は『有碍書』と呼ばれている。浄化しなければ、その文学作品はこの世から消えてしまう」
萩原朔太郎　「えっ！　そんなことって・・・！」

武者小路実篤「文学作品を守るために、僕たちは転生したんだ。実際に見たほうが早いかな！　朔太郎くんも、【カインの末裔】に潜書しよう！」
芥川龍之介「僕も潜書するよ」
志賀直哉「龍！」
武者小路実篤「芥川くんが一緒なら僕らも心強いね」
芥川龍之介「坂口くんも潜書するよね？」
坂口安吾「人手は足りてるだろ、他の無頼派もいねぇし。ま、俺はとことん堕落する！」
武者小路実篤「ありがとう！　坂口くんも！」
坂口安吾「行かないという意味だったんだけど!?」
萩原朔太郎「あ、あの、作品の中に潜書するってどういうこと？」
島崎藤村《しまざきとうそん》「侵蝕された本の世界に潜書し浄化する」
国木田独歩《くにきだどっぽ》「俺たちに求められている役割はそういうこと」

と、国木田独歩と島崎藤村も登場。

萩原朔太郎「あれ、君たちは!?」
国木田独歩「おいおい、自然主義文学を志した俺たちの知名度ってそんなもんなのか？　コイツのことはさすがにわかるんじゃないか？（と島崎を指し）本業は小説家だが名の通った詩人でもあったんだ」

萩原朔太郎　「もちろんわかるよ、島崎藤村さんとそれから、えーと（頭を抱える）・・・」

島崎藤村　「（国木田を触り）こっちは国木田独歩だよ。名前が出てこなくて残念だったね、国木田」

国木田独歩　「（島崎に）うるせえな。一時は文学界で話題になったこともあるんだぜ。俺たちは常に新しいものを追い求め、生み出し続けたんだ」

萩原朔太郎　「じ、自分は朔太郎です。萩原朔太郎」

武者小路実篤　「自然主義の二人も、一緒に潜書してくれるんだね！」

国木田独歩　「いいや、遠慮しておく。人数は十分だろ。俺たちは調査が先だ」

島崎藤村　「敵を殲滅《せんめつ》するため、まず敵を知るところから始めるよ」

萩原朔太郎　「あの・・・自分たちが転生したのって、つまり・・・」

武者小路実篤　「文学作品を穢そうとする侵蝕者から、文学を守る。アルケミストが、僕らを転生させたのはそのためだよ」

萩原朔太郎　「侵蝕者から文学を守る・・・信じられない」

志賀直哉　「信じられないならその目で確かめろ。行けるヤツは一緒に潜書するぞ」

各々《おのおの》の文豪　「（気合を入れ直す）」

萩原朔太郎　「ええっ、待って、置いてかないで（こけて）、あ、痛い！　痛いよお！」

坂口安吾　「おいおい大丈夫かよ！」

自然主義以外、光の方へ。

萩原朔太郎　「眩《まぶ》しい！　なに、この光！」

武者小路実篤　「この光の道を通れば、本の中に潜書できるんだよ」

志賀直哉　「行くぜ！」

完全に光に包まれ、本の中へ（皆、退場）。

残ったのは自然主義のみ。

国木田独歩　「さあて、島崎。俺たちも調査開始といきますか」

島崎藤村　「面白い取材ができるといいなあ」

島崎たちも退場。音楽照明チェンジ——

2 有碍書【カインの末裔】（潜書中）

坂口、芥川、萩原、有島、志賀、武者小路、光の筋を通って登場。
やがて視界がクリアになると、広大な景色。

武者小路実篤「うわー、この丘、見晴らし最高だなあ。地平線が見える」
萩原朔太郎「暗い・・・シダ植物みたいにジメジメしてる・・・」
有島武郎「(武者震い) 本当に、自分の本の中にいる・・・」
志賀直哉「なんだ、有島、武者震いか?」
武者小路実篤「武者?」
坂口安吾「武者震いっていうか、実際、寒いぞ、この中」
芥川龍之介「今にも墜ちてきそうなほどの曇天・・・あれはおそらくは雪雲だね」
武者小路実篤「そうか、【カインの末裔】の世界は北海道だから」
萩原朔太郎「北海道?」
武者小路実篤「ね、有島」
有島武郎「うん・・・」
萩原朔太郎「・・・うう・・・どうりで寒いわけだ(ガクガク震える)」
芥川龍之介「手短に事を成し遂げよう。この寒さの中での長期戦は、僕たちに不利だ」
志賀直哉「龍の言うとおり。なるべく手をかけず敵の中心部を突こう。幸い、見晴らしがいい分、侵蝕者の動きも捉えやすい」
武者小路実篤「スピード命だね!」

芥川龍之介　「（遠くを指差し）あの侵蝕が進んでる場所が、おそらく侵蝕の始まりであり、敵の拠点だろう」
志賀直哉　「三組に分かれよう。二組はあそこを目標地点とし、左右に広がる森を分かれて突き進もう。途中、遭遇するであろう雑魚《ざこ》になるべく時間をかけず、進み続け、あの敵の中心部へ」
武者小路実篤　「じゃ僕は志賀と一緒にあっちの森から突破しよう！」
芥川龍之介　「僕は、今にも堕落しそうな坂口くんとこっちに進みます（と逆側を指す）」
坂口安吾　「ここで堕落したら迷わず置いていくだろ」
芥川龍之介　「朔くん、僕たち経験者が率先して戦うからあんまり怯《おび》えなくて大丈夫だよ。（全体に対して）では合流はあの深層部で」

退場する芥川と坂口。
残ったのは、志賀と武者小路。それから萩原と有島。

萩原朔太郎　「あ、あの、自分はどうしたら？」
志賀直哉　「経験の少ない二人はここに居たほうがいい。有島と一緒にここで壁の役目だ」
萩原朔太郎　「壁？」
志賀直哉　「あぁ」

萩原朔太郎　「壁って、戦わなくていいの？」
志賀直哉　「いや、そういうことじゃない。俺たちが両側から挟み撃ちで追い込み、あらかたの敵を削る。残党たちはおそらくこっちへ逃げこんでくるだろう。そのとき（有島たち）二人の出番だ。特にあんたには銃がある（と萩原に）。あの窪地の中に敵を誘うことができたら、そこで一網打尽にできる」
有島武郎　「さすがだね」
武者小路実篤　「志賀がいると心強いよね！」
志賀直哉　「それを言うのは作品を浄化できてからにしてくれ。（有島たちに対し）それじゃ、有島、萩原を頼んだぞ！」

去っていく志賀と武者小路。

萩原朔太郎　「・・・行っちゃった・・・不安だ・・・」
有島武郎　「戦いなら僕に任せてくれていいよ、萩原さん・・・」
萩原朔太郎　「・・・ありがとう、有島さん。つくしゅん！」
有島武郎　「・・・ただ待つばかりでは冷えるよね？　僕はこの寒さに慣れてるけど」
萩原朔太郎　「あの、どうしてこんな寒くてジメジメした小説を書いたの？　そんなものに無縁そうな、上流階級の君が」

有島武郎　「上流階級だからこそだよ」
萩原朔太郎　「え？」

3 森の中（有碍書の中を移動中）

芥川と坂口、行く手を阻む雑魚をいなしながら、なるべくその先へ先へと進む。

坂口安吾　「もっと侵蝕者に遭遇するかと思ったけれど・・・感づかれてないのか？」
芥川龍之介　「それはそれで好都合だよ、一気に森を突破しよう」
坂口安吾　「逆側の志賀たちのほうもうまくやってるといいが」
芥川龍之介　「彼らなら心配ないよ、信じよう」

坂口、芥川、退場。

4　逆側の森（移動中）

武者小路と志賀が、森の中を駆け抜けている。

武者小路実篤「挟み撃ちとは考えたよね。相手に的を絞らせない分、時間をかけずに仕留めることができるもんね」

志賀直哉「敵も賢くなってるからな。こちらも対抗していかないと・・・？」

志賀、何か異変を感じ、立ち止まる。

武者小路実篤「どうしたの、志賀。急がないと、芥川くんたちとの挟み撃ちのタイミング、逃しちゃうよ」

志賀直哉「ああ。何か・・・おかしい気が・・・」

5　帝國図書館

無数の本が並ぶ場所。

6 有碍書【カインの末裔】（潜書中）

書物をむさぼるように読む、島崎と国木田。

島崎藤村「【カインの末裔】という作品はよくよく調べると、実に面白いね。なんたって、主人公として選んだのは、北の大地で生きる農民だからね。しかも、真面目に生きることを放棄した男」

国木田独歩「作者本人の印象とはまるで逆だよな」

島崎藤村「人道主義、理想主義と謳《うた》われた白樺派の作品の中でも異色だね」

国木田独歩「有島武郎という人物自体、白樺派の中でも変わってるらしいからな」

島崎藤村「ありのままの出来事をありのままに書く、自然主義の僕たちにとって興味深いよ。上流階級の有島が、なぜ自分と真逆な農民を、主人公としたのか。そこに何か孕《はら》んでいる気がするね」

などと資料を読みあさる彼らの会話の間にも、有碍書の中では、同時進行で戦いが繰り広げられている。

侵蝕者の中心に、攻めこんでいるはずの芥川と坂口。

坂口安吾　「よっしゃあ、森を抜けたぞ！　・・・」

など と勢いをつけて駆け込む坂口（と芥川）。

だが、眼前には、敵が全然いない。

坂口安吾　「あれ・・・あれ？　・・・確かこのあたりが侵蝕者たちの中心部じゃ・・・」

芥川龍之介　「どこにも見当たらないね・・・」

坂口安吾　「草むらに隠れてるとか？」

芥川龍之介　「だけど敵の気配そのものがまるでしない・・・」

坂口安吾　「じゃ、俺たちに恐れをなして撤退したとか？」

芥川龍之介　「・・・おかしいな、確かに遠くから見たとき、このあたりに侵蝕者たちが密集してたはずだけれど」

坂口安吾　「寒すぎて堕落しちゃったのか？　あるいは、ただの幻か？」

芥川龍之介　「幻？　・・・ん・・・待てよ・・・」

坂口安吾　「何かわかったんですか？」

芥川龍之介　「遠くから見えたのは蜃気楼だったのかもしれない」

坂口安吾　「しんきろう？」

芥川龍之介　「聞いたことないかい？　こういう寒い土地では、ある条件がそろったとき、蜃気楼が出ると」

坂口安吾「俺たちは蜃気楼を敵の中心部だと思い込んでたと?」

芥川龍之介「(地面を改めて確認し) 侵蝕者たちが蜃気楼を操って大軍がいるように見せかけたんだ。僕らを分散させ、ここにおびき寄せるために」

坂口安吾「おびき寄せて、何を企んでるんだ?」

芥川龍之介「敵の本隊は、ここではない別の場所を狙ってるのかもしれない」

坂口安吾「別の場所ってどこに?」

芥川龍之介「侵蝕者の目的は、文学作品を消滅させること。いち早くその作品を消滅させるためには、それを書いた作者本人を・・・」

坂口安吾「ちょっと待て、侵蝕者には、もしかして知恵があるってことか・・・」

芥川龍之介「以前、いちばん侵蝕者に近づいた僕の目にはそう映ってるよ」

坂口安吾「もしそれが本当だとしたら、狙ってる作家ってのは」

芥川龍之介「引き返そう、有島さんの命が危ない!」

芥川たち、引き返す。

7

同・(潜書中) 萩原と有島が待機している場所

有島と萩原がいる場所。北風が強く吹き出す。

萩原朔太郎「うう・・・ぐすん。こんな事態に巻き込まれるなんて・・・。侵蝕者ったってどうやって戦えっていうのさ・・・。風は冷たく寒いし、こんなところで死にたくないよう・・・」
有島武郎「すまないね萩原さん、僕のせいでこんな目に遭わせてしまって」
萩原朔太郎「いや、別に有島さんが悪いわけじゃ・・・」

ごごごごご、というような地響きがする。

有島武郎「(耳をすまし)!? 何か聞こえてこないか?」
萩原朔太郎「え?」
有島武郎「遠くから何か近づいてくる音だ」
萩原朔太郎「・・・み、みんな戻ってきたんだ! 良かったあ」

ごごごごご、と地響きはどんどん大きく——

有島武郎　「いや、潜書した人数より確実に多い、よね・・・」
萩原朔太郎　「・・・いやな予感。・・・これってもしかして」

姿を現したのは、大量の侵蝕者！

有島・萩原　「侵蝕者だ！！」

奇襲した侵蝕者たちと必死で交戦する有島と萩原。

萩原朔太郎　「おわあああああああああ！」

バン！　バン！　と萩原は銃を撃つが！

萩原朔太郎　「撃っても撃っても全然倒れないよ！（銃を放ち続け）」
有島武郎　「先に行った志賀君たちはどうしたんだろう」
萩原朔太郎　「もしかしてみんなやられちゃったのかな・・・」
有島武郎　「いや、志賀君たちに限ってそんなこと」
萩原朔太郎　「じゃ、どうしてこんなに大量に！（侵蝕者に銃を掴まれ）おわあ！」

萩原の銃を奪おうとする侵蝕者と、堪《こら》える萩原。

その間に有島が割って入り、侵蝕者は、掴んでいた銃を離す。
萩原は尻餅をつき、有島はそのまま刃《かたな》を交わした侵蝕者と戦う。

有島武郎　「くっ・・・こちらの動きが読まれてたか」
萩原朔太郎　「読まれてた?」
有島武郎　「僕らがバラバラに分散するのを狙っていたんだ」
萩原朔太郎　「そんな・・・(衰弱している様子)」
有島武郎　「とにかく耐えよう、みんなが戻ってくるまで!」
萩原朔太郎　「ううう、やっぱり来るんじゃなかった・・・」

有島が侵蝕者から攻撃を受ける。

有島武郎　「ぐっ!」
萩原朔太郎　「有島さん!!!　どうして自分たちがこんな目に・・・」

萩原、侵蝕者から離れたタイミングで銃を放つ。

有島武郎　「人は生まれながらに罪深き生き物、か・・・」
萩原朔太郎　「みんなはまだなの!?」
有島武郎　「あんな遠くまで行ったんだ。そう簡単に戻ってこられない」

萩原朔太郎　「うう、死にたくないよ」

有島武郎　「生きることとは苦しむこと・・・。（自らを奮起して）来い！　侵蝕者たち！　僕がこの作品を書いた作者だ！」

と話している間に、侵蝕者、有島にどんどん襲いかかる。

萩原朔太郎　「えっ、そんなことしたら集中攻撃されちゃうよ!?」

萩原も有島を守ろうとする。

有島武郎　「それが目的だ。萩原さん、今のうちに逃げて！」

やがて、萩原、やられる。

萩原朔太郎　「ぐああ！」

有島武郎　「萩原さん！」

萩原の動きが止まり、有島一人対大勢の侵蝕者。
必死で戦い、深手を負う。

有島武郎　「（傷を庇《かば》いつつ）ぐあ！　はあ、はあ」

それでも戦い続け、やがて追い込まれ――

有島武郎　「くっ、ここまでか・・・」
萩原朔太郎　「有島さん！」

観念した有島に攻撃を仕掛けた侵蝕者。
が、なぜか侵蝕者、倒れる。

有島武郎　「え・・・（と一瞬、何が起きたのか理解できなかったが）」

颯爽《さっそう》と現れる武者小路と志賀、芥川、坂口。

坂口安吾　「戻ってきてやったぞ！」
武者小路実篤　「良かった、間に合った！」
有島武郎　「み、みんな・・・どうして・・・」
坂口安吾　「侵蝕者め、小賢《こざか》しい真似しやがって！」

侵蝕者たち、集まってきて攻撃。

それらと戦いながら――

芥川龍之介　「志賀さんたちも気が付いたんですね」
武者小路実篤　「(戦いながら) 森を進みながら、志賀が途中で気付いたんだ。敵の中心に向かってるはずなのにその気配がなさすぎるって」
志賀直哉　「(戦いながら) 最初から違和感はあったんだ。敵の中心があまりにも目立ちすぎてたからな。攻めに来てくださいといわんばかりの」
武者小路実篤　「(戦いながら) 僕らが分散して攻めてくるのを向こうは待ってた。そして、その虚をついて、この作品の作者本人を狙い打つつもりだったんだ！」
坂口安吾　「そういうこと」
有島武郎　「そのことに気付いて、みんな戻ってきてくれたんだ・・・」
志賀直哉　「ま、半分は賭けだったけどな」

志賀たち、襲ってきた侵蝕者をあらかた倒す。
さらに北風が強くなる。
その風とともに、ボスらしき侵蝕者、登場。

武者小路実篤　「どうやら親玉の登場みたいだね」

芥川、坂口は萩原を守りつつ、周りの侵蝕者と戦う。

志賀直哉 「それは、好都合だな。はっ！」

冷たい風が吹き荒れる中、志賀が立ち向かうが、
それを弾き返される。
今度はその侵蝕者のボスが志賀を攻撃。
ぎりぎりでかわすが、かなりの連続攻撃で、志賀もきりきりまい。
武者小路も加勢して、ようやくかわす。
いったん、志賀・武者小路と、侵蝕者のボス、間合いを取る。
ボスはかなりの手練れのようだ。
さっきまで侵蝕者が劣勢だったが、侵蝕者のボスの攻勢で、
侵蝕者たちの士気が高まる。

志賀直哉 「まあ、そう簡単にはやらせてもらえないか」

風は、さらに強くなる。

武者小路実篤 「ううう、寒いいい。体がかじかんで思うように身動きがとれない」
志賀直哉 「足場も凍てついて、踏ん張りが利かないな」

武者小路実篤　「大丈夫、そんなときでも僕たちならできる！」
志賀直哉　「簡単に言うな、武者。さっきから凍えそうなんだからな」
有島武郎　「志賀君、武者さん、ここは僕がやる」

有島、武者小路と志賀たちの近くへやってくる。

武者小路実篤　「大丈夫なの？」
有島武郎　「さっきは敵の多さと奇襲攻撃に面食らっただけさ。（武者小路たちよりも敵前へ向かう）奴らの正体もなんとなくわかってきた。だから・・・」

と言いながら、ゆったりと刃を構え出す、有島。

有島武郎　「こいつは僕が片付ける！」

有島、攻撃！　さっきよりも速く、鋭い！
侵蝕者のボスも、きりきりまい。

有島武郎　「おまえは僕の影だ・・・」

侵蝕者のボスも守るほうが重視になる。

武者小路実篤　「わかったよ有島！　僕たちは援護にまわるね」

侵蝕者のボス、ひざまずいて弱っている。
志賀と武者小路のもとに、他の侵蝕者が襲いかかり
二人、そちらを倒す。

武者小路実篤　「一気にいけ、有島！」

もうすぐ有島の勝利かと思いきや、
有島、ただ立ち尽くす。
苦しそうで、動けない様子。

武者小路実篤　「有島？　・・・」
有島武郎　「・・・はあ、はあ・・・（と傷口を押さえる）」
萩原朔太郎　「やっぱり怪我してたんじゃないか！　僕を庇って一人犠牲になろうとしたから・・・」
有島武郎　「僕は、大丈夫！」
芥川龍之介　「有島さん、これ以上無理をするなら、あなたを戦わせるわけにはい

かない」

坂口安吾　「有島ー！」

有島武郎　「心配ありません・・・（だが苦しそう）」

そこを狙い、侵蝕者のボスが襲ってくる。

有島武郎　「（志賀と武者小路に加勢しようとするが）」

芥川龍之介　「あなたの戦い方には生を感じない。ともすれば侵蝕者と刺し違えてもいいとさえ思ってるようにも感じます」

有島武郎　「だとしたら何だっていうんですか？」

芥川龍之介　「あなたがもし、この戦いに意味を見出したいならば、自己犠牲をするのではなく、生き続けることです」

有島武郎　「生き続けること・・・」

芥川龍之介　「（戦っている志賀と武者小路を見ながら）生前、あなたが先立ったあとも彼らは生き抜きましたよ、あなたの分まで長生きするんだと言って」

有島武郎　「（志賀たちの戦っている姿を見ながら）・・・」

芥川龍之介　「きっとあなたにも理想郷を見せたかったんですよ」

有島武郎　「わぁぁ！」

芥川龍之介　「有島さん！」

有島武郎　「根本的に、僕が間違っていたのか」

志賀と武者小路が侵蝕者のボスと戦っている。
それに割り込む有島。

有島武郎　「今度は大丈夫」

有島もまた力を振り絞り、攻撃。
さっきと少し戦い方が違う。
無鉄砲な戦い方ではなく、前向きな戦い方。

芥川龍之介　「戦い方が変わりましたね・・・」

また、もつれ合う。やがて、今度は侵蝕者のボスが優勢に。
徐々に押され、有島がやられそうになるが！

有島武郎　「今度は生き続ける！　そしてこの作品も生き続けるんだ！」

なんとか倒す！　が、有島もそのまま倒れる。

志賀直哉　「有島！」
有島武郎　「・・・はあ、はあ。今度は長生きでもしようかな」

光が現れた場所へ戻っていく文豪たち。

8 帝國図書館（現実世界）

島崎がまだ調べている。
そこに国木田がやってきて——

国木田独歩　「おい、島崎、本の中に潜書してたヤツら、無事戻ってきたぜ」
島崎藤村　「浄化成功ということかな」
国木田独歩　「まあ、満身創痍《そうい》な面々もいるみたいだけどな」

潜書した文豪たちがそこへやってくる。

島崎藤村　「やあ、初めて潜書してみてどんな気分？　潜書した本の中は？　大変だった？」

萩原朔太郎　「うぅ・・・大変だったけど、自分は何もできなかったよ・・・」
島崎藤村　「そう・・・（見渡し）あれ、【カインの末裔】の作家本人は？　様子はどうなの？」
武者小路実篤　「今、補修室で手当て中だよ」
国木田独歩　「侵蝕者にやられたのか？」
武者小路実篤　「うん。でも、致命傷にはなっていないはずだから、大丈夫だよ」
島崎藤村　「彼にも取材したいことたくさんあるんだけどな」
志賀直哉　「手当てが済めば戻ってくるだろうが、有島は繊細なんだ。取材はほどほどにしてやれよ」
島崎藤村　「戻ってくるなら良かった」
坂口安吾　「それより自然主義の二人は、何か有力な情報でも手にしたのか？」
国木田独歩　「ああ。侵蝕者と、侵蝕された作品のことをちょっとな」
島崎藤村　「ちなみに、白樺派の面々も以前に調べていたんだよね？　侵蝕者と、負の感情について」
萩原朔太郎　「負の感情？」
島崎藤村　「その作品に込められた背景にある『負の感情』、それに侵蝕者は反応すると」
武者小路実篤　「うん。でも、それ以上は何もわからなかったんだ」
島崎藤村　「些細《ささい》なことでも気付いたことがあったら教えて。情報は常に集約しておかないと」

武者小路実篤「だけどすごいね、もう侵蝕者が負の感情に反応することを突き止めたなんて！　さすがだね！」
島崎藤村「(得意気な表情) ふふん・・・」
坂口安吾「ちょっと嬉しそうだな!?」

手当てを終えた有島、やってくる。

国木田独歩「お、ようやく戻ってきた、大丈夫か、怪我の具合は」
有島武郎「独歩さんまで。ご心配なく」
国木田独歩「心配するさ。個人的にもアンタのことは気になってるからな」
坂口安吾「なんで?・」
国木田独歩「かつて俺をモデルにして小説を書いてくれたみたいだから、どんなヤツが書いたのかと思ってさ」
有島武郎「そんな、僕なんて、たいした人間ではないです」
国木田独歩「いやいや、たいした人間だろ。アンタの文学が守られたってことは、神もアンタを見放さなかったんだ」
有島武郎「そうかな・・・」
島崎藤村「君の人生を調べさせてもらった。その上で、【カインの末裔】という作品から推測するに、君は何かしらの罪の意識を抱えていた・・・違う?・」

有島武郎　「え・・・」
志賀直哉　「おい、もうやめろ。有島は病み上がりだぞ」
島崎藤村　「確かにそれもそうだね。（と納得したからやめるかと思いきや、すぐ有島に）でもちょっと気になるんだよね、何ひとつ不自由のないはずの上流階級の君が、どうして北の大地で生きることに苦しむ人々の物語を描《えが》かずにはいられなかったのか、君の罪の意識がそうさせ・・・」
芥川龍之介　「（遮《さえぎ》って）やめるんだ」

有島にぐいぐい迫る島崎を、声で制する芥川。
皆の注目が集まる。
坂口と萩原、不穏な空気を察知する。

島崎藤村　「これは文学を守るためなんだよ。そのためには、背景にある感情を・・・」
芥川龍之介　「だからといってこんな風に問い詰める必要はないだろう？　君の周囲を顧みない追求心と自分中心の考え方は、はっきり言って見ていて不快だ」
島崎藤村　「君みたいな人間には理解できないかもしれないね」
芥川龍之介　「君のことを理解するつもりはない」
島崎藤村　「ふうん。以前から気になっていたけど、君という人間にますます興味が湧いてきたよ」

芥川龍之介　「やめてくれ。君につきまとわれるのだけは、ごめんだ」

芥川、退場。

志賀直哉　「島崎、龍があんな風に怒るのはよっぽどだ、侵蝕者について調べるのは結構だけど」

島崎藤村　「侵蝕者の謎が解明できれば、奴らの弱点もわかるはず、これは文学を守るためだよ・・・」

武者小路実篤　「取材そのものを否定はしないよ！　ただ言葉の選び方や状況に気をつかおうって芥川くんは言ってたんだよ。言葉を紡ぐ者同士、言葉の選び方がどれだけ大切かわかってるでしょう?」

島崎藤村　「・・・(ちょっと反省する顔)」

国木田独歩　「それもそうだな。島崎、次からは気を付けろよ。さ、調査の続きをしよう！　行こうぜ」

島崎と国木田、退場。

志賀直哉　「ったく。自然主義のヤツらも相変わらずだな」

有島武郎　「悪いね・・・変な気を回させてしまって」

武者小路実篤　「（有島に）有島が謝る必要ないよ！　それより、ねぇ！　おなかすいてない？　寒いところにずっといたからさ、あったかいものでも食べて元気出そうよ。誰かさんが鍋をつくるのが得意だって噂を聞いたんだけど・・・その誰かさんが鍋とか持ってきてくれないかなあ！ねぇ・・・」

坂口安吾　「何だよ、その訴えかける目。わかったよ、持ってくりゃあいいんだろ」

武者小路実篤　「いや、僕はただ気の利いた誰かさんがって言っただけだよ！」

萩原朔太郎　「自分も手伝うよ」

坂口と萩原、鍋を用意するため退場。

武者小路実篤　「ということで有島、鍋が来るよ！　やったね」

有島武郎　「そんなわざわざ鍋だなんて・・・」

武者小路実篤　「食欲はあるんでしょ、それともまだ傷が痛む？」

有島武郎　「いや、傷は大丈夫だけど」

志賀直哉　「？　・・・さっき島崎たちが言ったことを気にしてるのか？」

有島武郎　「あ・・・うん。そのつもりはなかったけど、そうだったのかもしれないと思って」

武者小路実篤　「島崎くんたち、なんか言ってたっけ？」

有島武郎　「僕の罪の意識が、あの作品を生み出したって」
武者小路実篤　「もう、そんなこと深く考えなくたっていいよ」
志賀直哉　「って言っても考えちまうのが、有島なんだよな」
有島武郎　「あるとき、僕は札幌の農学校に赴いた。そのときに見た景色、味わった感覚、それが【カインの末裔】の根底に流れてるんだ」
武者小路実篤　「そのときの景色が有島の心に深く刻まれていたんだね」
有島武郎　「北の大地で見せつけられたんだ、生きることの厳しさを。あの極寒の中、自然の脅威にさらされながらも、人々は歯を食いしばって生きている。一方、僕は、裕福な家庭でぬくぬくと生まれ育って、そういう世界で生きる人たちのことすらも知らなかった。それから僕は、ずっと心に罪悪感を抱えていたのかもしれない」
志賀直哉　「それでその罪悪感が、作品の創作に?」
有島武郎　「ああ。自分の生まれた境遇と自分が目のあたりにした世界の違和感をどうしても埋められなくてね。創作することで折り合いをつけようとしたんだ。おかしいよね、所詮、上流階級の僕が、そんなことをしても彼らのことを本当には理解できないのに」
志賀直哉　「全然おかしくない」
有島武郎　「え・・・」
志賀直哉　「その考え方が、有島の、有島という作品の味なんだ」
有島武郎　「志賀君・・・」

志賀直哉　「有島が【カインの末裔】を書くまで、俺は上流階級に生まれたことに対して何の罪悪感も持ってなかった。人の痛みを感じることができるのは、有島武郎という作家だからこそだ」

武者小路実篤　「志賀の言うとおり。生まれが人間の価値を決めるんじゃない。人の痛みを知って、初めて本当の価値が生まれるんだよ」

志賀直哉　「それが根底にある有島の作品だからこそ、俺は守りたかったんだ」

武者小路実篤　「そうそう！」

有島武郎　「二人にそんな風に言ってもらえるなんて」

武者小路実篤　「有島はもうちょっと頼っていいんだよ、特に志賀に」

志賀直哉　「おい、武者。俺にばっか頼るんじゃねえよ」

武者小路実篤　「はは、冗談冗談。僕にも頼って！　白樺派三人、またこうして出会えたんだ。また新しい理想郷をみんなでつくろうよ！」

志賀直哉　「ふっ。（と微笑んで）さて少し休んでくる。さすがに疲れた」

志賀、退場。

武者小路実篤　「志賀はね、ああ見えて、有島の考え方にすごく共感してるんだ。ほら、志賀って、厳格な親父さんと一悶着《ひともんちゃく》あって家飛び出したろ？」

有島武郎　「そういえば、志賀君は親父さんに小説家になるのを認めてもらえなかったんだっけ？」

武者小路実篤　「有島の罪悪感とはちょっと違うかもしれないけど、何かしらの違和感を抱えてたんだよ、ずっと。だから」
有島武郎　「武者さんは、志賀君のことを深く理解しているんだね」
武者小路実篤　「(慌てて) まあ、いちばん付き合いが長いからね。もちろんたまにイラっとすることもあるよ。ほら、白樺派をつくった頃もそうだったでしょ。特にあのときはいろんなことが目まぐるしく変わってた時代だったから、あーでもないこーでもないって、皆で話し合い、ぶつかり合ってさ」
有島武郎　「あの頃は特にがむしゃらだったよね。独歩さんや島崎さんのような自然主義の文学が流行《はや》ってたし」
武者小路実篤　「そうそう、醜いものも些細なこともあるがままに書くっていう自然主義の考えを否定するつもりはないけど、僕らにはもっと僕らなりの、自由な発想で文学を目指し、雑誌をつくったよね」
有島武郎　「その頃からずっと武者さんはそう言ってたね」
武者小路実篤　「だって人にはそれぞれ個性があるわけだから、それを尊重し合って、自由な文学をつくれたほうがいいと思うんだよね。だから有島も赴くままでいいんだよ。もともと僕ら、ひとつの主義主張のもとに集まったわけじゃないんだから」
有島武郎　「・・・」
武者小路実篤　「あれ・・・なんかまずいこと言っちゃったかな」

有島武郎　「武者さんの言葉って魔法だ」
武者小路実篤　「え？」
有島武郎　「誰もが平等で、誰もが自分の個性を生かせる社会、あなたたちが提唱するそんな理想郷なんてものは机上の空論だと思ってた。だけど不思議だね。武者さんと話してると、魔法をかけられたみたいに、本当にそういう世界がつくれる気がするよ」
武者小路実篤　「つくれる気じゃないよ、実際につくる、そう強く信じるんだ」
萩原朔太郎　「どうやったらそんな前向きに考えられるの？」

武者小路たち、声の方を見る。
少し前から萩原が会話を聞いていたようだ。

有島武郎　「萩原さん、いつから聞いてたの？」
萩原朔太郎　「ごめん、鍋つかみを探しに来たら、声が聞こえて・・・」
有島武郎　「そう」
萩原朔太郎　「人っていうのは孤独な生き物だよ？　だから文学が生まれる。友情だって永遠に続くわけじゃない。所詮一時《いっとき》の気の紛らわし、みたいなもの、なのにどうして」
武者小路実篤　「たとえ一時のものだとしても、僕は信じたいんだ」
萩原朔太郎　「・・・信じても、裏切られるじゃない。みんなそうだったよ、自分の信じた人は別の道に行ってしまった」

武者小路実篤　「朔太郎くんは、友達のことで辛い目にあったことがあるんだね」

萩原朔太郎　「・・・みんな僕のことを置いていくんだ」

武者小路実篤　「わかるよ。僕もね、同じようなことは、経験があるし」

萩原朔太郎　「武者さんがそんなこと言うなんて、意外」

武者小路実篤　「僕は朔太郎くんじゃないから、君の孤独を本当には理解できないけど、君の文学が、その孤独の中で生まれるとしたら、その孤独を愛してあげるべきじゃないかな。だけど、朔太郎くんが孤独に耐えられないとき、僕はいつだって君に手を貸すよ」

萩原朔太郎　「変わった人だね、君は」

武者小路実篤　「朔太郎くんも個性的だと思うけどね」

有島武郎　「はは、当然というべきか、二人の性格は二人の作品そのままだ」

萩原朔太郎　「そうだね。久しぶりに武者さんの作品を読みたくなったよ」

武者小路実篤　「ほんと？　嬉しいな、ぜひ読んでほしい、はい！　【友情】（と本を渡す）」

萩原朔太郎　「（受け取って）持ち歩いてるんだ・・・ありがとう。ねえ、この腐った世界はいい方向に向かうかな」

武者小路実篤　「その質問に対する答えは簡単だね。夢は追い続ければいつか叶う！　僕はそう信じているよ」

萩原朔太郎　「眩しすぎる・・・」

9　志賀のいる場所

志賀が何やら次の戦いに備えて準備をしている。

志賀直哉　「はあ・・・はあ・・・」

そこにやってくる武者小路。

武者小路実篤　「え！　志賀!?　何やってんの、早く寝なよ！　さっき休むって言ってたじゃないか」
志賀直哉　「少し休んだ。だからもう大丈夫だ」
武者小路実篤　「ええ～」
志賀直哉　「またいつ侵蝕者がやってくるかわからないからな」
武者小路実篤　「いつやってくるかわからないからこそ、今のうち休んだほうがいいよ。まったく志賀ってば」
志賀直哉　「のんびりしている暇はないんだ。早く戦いを終わらせて約束を果たさなきゃいけない」
武者小路実篤　「約束？　何の？」
志賀直哉　「何のって？　忘れたのか、言い出しっぺは武者のくせに」

武者小路実篤「え・・・もしかして・・・」
志賀直哉「ツーリングに行くんじゃなかったのか?」
武者小路実篤「・・・覚えててくれたんだ?」
志賀直哉「当然だろ、俺が武者との約束を忘れたことがあったか?」
武者小路実篤「あった! いっぱいあった!」
志賀直哉「それはごめん」
武者小路実篤「でも、志賀はいつも大事なポイントは押さえているよね。さりげない優しさがあるよね・・・。僕はホントそういうことに関してはまるでダメだからさ」
志賀直哉「武者は今のままでいいと思うけどな」
武者小路実篤「じゃあ、そういった部分は引き続き志賀に任せて、ツーリングに行こう!」
志賀直哉「つたく。調子のいいヤツだな、武者は」
武者小路実篤「ツーリングで、志賀といろんなところに行くってどんな感じなんだろうなあ」
志賀直哉「心地いい風を感じられるさ・・・」
武者小路実篤「風かあ、そうだよね、歩くよりも速く進めるんだもんね。自転車に乗れたら、理想郷に早くたどり着けるかもしれないね」
志賀直哉「はは。かもな」
武者小路実篤「じゃあまずその前に、僕が自転車乗れるようにならなきゃ! 志賀が教えてくれるんだもんね」

坂口安吾　「(国木田の自転車と交差しそうになって) あぶね!」

国木田独歩　「悪ぃ悪ぃ」

志賀直哉　「そこは覚えてない」

武者小路実篤　「覚えててよ!」(などとじゃれ合っている武者小路と志賀。そこに)

坂口安吾　「(登場し) 鍋持ってきたぞー!」

武者小路実篤　「坂口くん! 待ちくたびれたよ! あれ、朔太郎くんは?」

坂口安吾　「あいつ火傷《やけど》して、補修室・・・」

武者小路実篤　「鍋つかみなかったの?」

坂口安吾　「見つかったけど、味見で火傷した」

志賀直哉　「おいそれ、もしかして・・・大当たりもあれば、大外れもあるという噂の」

坂口安吾　「坂口安吾特製、安吾鍋だ!」

武者小路実篤　「やったあー! おーい、みんな! 坂口くんが安吾鍋持ってきてくれたよ!」

みんな集まってくる (萩原以外)。

坂口安吾　「(鍋の準備しながら) ま、白樺派の坊ちゃんたちの口に合うかわからねえが、太宰たちとはよく食ったもんだ」

志賀直哉　「何が入ってるんだ?」
坂口安吾　「食えばわかる!」
志賀直哉　「食えるものなのか?」
坂口安吾　「食えねえもん入ってねえわ。黙って食え、つっつけ、つっつけ」
武者小路実篤　「つん!　つん!」
坂口安吾　「俺をつっついてどうするんだ、鍋つつけよ」
島崎藤村　「(よそられたものを見て)ふーん、これはアンコウ鍋かい?」
国木田独歩　「こりゃオツだな、安吾がアンコウ鍋とは」
武者小路実篤　「なるほど!　安吾とアンコウが掛かってるんだね」
坂口安吾　「そうだ、これはいわば、共食いということだな」
武者小路実篤　「うまい!」
坂口安吾　「まだ一口も食ってねえだろ、てか共食いにツッコめよ!」
武者小路実篤　「ごめんごめん。食べてなくても、匂いでもう美味しいってわかっちゃうよ。(よそってあげて)はい、有島!」
有島武郎　「ありがとう」
武者小路実篤　「志賀も、はい(と、よそって)」
島崎藤村　「(食べて)うん、実にしつこい味だね。だがこのしつこさがたまらない。しかし二日続けてこのしつこい鍋が食べられるかと言われたら、しつこい!　って思ってしまうけど、うましつこい!　となるかもしれない」

坂口安吾　「料理まで批評するな」
武者小路実篤　「あ、志賀、あっついから気を付けてね。ふーふー」
志賀直哉　「ふーふーは、いい、こんなのを熱がるほど猫舌じゃ・・・」
有島武郎　「（熱くて）ああ！！　はう！　ぅあぁ」
志賀直哉　「大丈夫か、有島！」
有島武郎　「（口に含みながら）つい、おいひくへ（おいしくて）！　ふまい（うまい）！」
武者小路実篤　「はは、有島もいい笑顔になって何より。志賀、ほんとにふーふーしなくていいんだよね（て自分で食べる）。はふ、ふぎゃ！　はうあ！」
志賀直哉　「武者のほうが猫舌じゃねぇか！」

などと話す会話が止められるほどの不穏な風が突如起こる。

志賀・
武者小路　「!?」
武者小路実篤　「なんだ、この感じ・・・」
島崎藤村　「また侵蝕が起こったようだね・・・」
声
（萩原朔太郎）　「あああああああ」

嘆きながら萩原、登場。

国木田独歩「どうした、萩原、そんな大声出して」
萩原朔太郎「む、武者さんの本が急に鈍い光を放ったかと思ったら・・・本の中の文字がどんどん崩れて、みるみる黒くなっていって」
志賀直哉「(すごい形相で近づき)、武者の本が!?」
萩原朔太郎「ごめん、自分がなんとかできたら良かったのに」
武者小路実篤「ウッ・・・(苦しみ出す)」
芥川龍之介「大丈夫ですか?」
武者小路実篤「・・・大丈夫!　平気だよ」
有島武郎「侵蝕者は、白樺派を狙ってるのかな」
志賀直哉「何だと!」

志賀、去ろうとする。

武者小路実篤「志賀!」

志賀、振りかえる。

武者小路実篤　「どこ行くつもり？」
志賀直哉　「言わずともわかるだろ」
武者小路実篤　「僕も潜書するよ」
志賀直哉　「いや、武者は休んでろ」
武者小路実篤　「どうして・・・（苦しいのを悟られないようにしている）はあ、はあ・・・」
志賀直哉　「前回みたいに侵蝕者が頭脳戦を挑んでくるかもしれない」
有島武郎　「僕も一緒に行くよ！」
志賀直哉　「有島もまだ傷は完治してないだろ、休んでろ」
有島武郎　「だけど」
志賀直哉　「大丈夫。こないだは侵蝕者に一杯食わされたからな、今回は俺に花を持たせてくれ」
芥川龍之介　「一人で行くつもりですか？」
志賀直哉　「単独のほうがむしろ侵蝕者の目を欺きやすい。この作品のことは誰よりも知ってるからな」
武者小路実篤　「志賀！」

志賀、光の中へと飛び込んでいく。

萩原朔太郎　「ああ、行っちゃった！・・・」

芥川龍之介　「まあ、志賀さんが血相変えるのも無理はないか」
有島武郎　「確かに志賀君がいちばんわかってるからね、武者さんがどんな思いで【友情】という作品を書いたのか、って」
萩原朔太郎　「あの！」

萩原に視線が集まる。

萩原朔太郎　「じ、自分は潜書しちゃダメかな？」
島崎藤村　「おや、及び腰だった朔太郎くんが珍しいね、そんなこと言うなんて」
萩原朔太郎　「さっき、武者さんは僕の孤独を理解しようとしてくれた・・・だから、なんとかしてあげたい」
島崎藤村　「じゃ、国木田、僕らも行くかい？」
国木田独歩　「これがほんとの潜入調査だな」
坂口安吾　「え？　今回は自然主義の二人も潜書するのか？」
島崎藤村　「この前は温存していたからね、主力交代するべきかなって」

光の中へ入っていく島崎と国木田。

坂口安吾　「・・・行っちまいやがった」
武者小路実篤　「はあ・・・はあ・・・（さらに苦しいのを隠している）」

有島武郎　「武者さん、大丈夫ですか?」
芥川龍之介　「補修室に行きましょうか。武者さんと有島さんは僕が見ているよ。
坂口くんと朔くんは、潜書した志賀さんの援護をお願いできるかい?」
坂口安吾　「え、また!?　堕落して——」
芥川龍之介　「堕落はまた今度。いってらっしゃい」
坂口安吾　「堕落ってのは・・・」
有島武郎　「よろしくお願い致します」
坂口安吾　「ったく・・・」
萩原朔太郎　「(勇気を振り絞り)が、がんばろうね」
坂口安吾　「また転ばないように気を付けろよ」
萩原朔太郎　「うん!　あぁぁぁ」

坂口、萩原も光が放たれた場所へ——

10

有碍書【友情】(潜書)

一番に飛び込んだ志賀、いつもより闘争心むき出しで
襲いかかってくる侵蝕者を次々に斬りまくる。

（戦う志賀の脳裏には、武者小路の言葉がフラッシュバック）

回想の声
（武者小路実篤）「志賀、僕は今、新作を書きはじめたんだ、でき上がったら真っ先に志賀に見せるからね、一番に読んで感想を聞かせてほしい」

侵蝕者と戦っている、志賀。

回想の声
（武者小路実篤）「ちなみに題名は、【友情】だよ」

侵蝕者と戦っている、志賀。

回想の声
（武者小路実篤）「どうせ君のことだ、ちょっと笑ってこう言うだろう、ひねりなしの真っすぐな題名が武者っぽいなって。真っすぐなこと、それが一番だよ」

侵蝕者と戦っている、志賀。

回想の声
（武者小路実篤）「迷える若者たちに特に読んでもらいたいんだ。僕みたいに・・・悩んで、間違えて、立ち止まって、うまくいかないことも多いけど、それでも前向きに突き進もうって思ってもらえるように・・・」

志賀直哉　「武者！」

そんな過去の武者小路の言葉が
脳裏にフラッシュバックする志賀。

志賀直哉　「武者の作品を穢そうとする奴は、何人《なんぴと》たりとも許さない！」

依然、激しく敵を粉砕しながら突き進む（退場）。

11

同・少し離れた場所

島崎、国木田たちが登場。

島崎藤村　「（見渡して）へえ・・・こりゃ驚いた。ほんとに本の中の世界なんだね・・・」

国木田独歩　「珍しいな島崎。わざわざ潜書して調査しようだなんて」

島崎藤村　「武者くんの作品が侵蝕された。いつも前向きな武者くんの作品の背景には、どんな負の感情が潜んでいるのか、非常に興味深いからね。(双眼鏡を覗き)あ、志賀くん見つけた」

双眼鏡で覗いた先、戦う志賀が浮かび上がる。

島崎藤村　「見える？　随分、飛ばしてるね、志賀くん」
国木田独歩　「いつになく殺気だってるな・・・」
島崎藤村　「まあ無理もないか。親友の作品が侵蝕されているわけだから」
萩原朔太郎　「うう、先に行ったみんなはどこだろう・・・」

萩原の声がして、振り向くと、そこには萩原と坂口。

国木田独歩　「アンタらも結局、来たんだな」
坂口安吾　「三人はあっちに残ってるけどな」

遠くで不気味な轟音《ごうおん》、その音に文豪たち反応。
メモと双眼鏡を持っている国木田と島崎、遠くを観察。

国木田独歩　「今度はあのあたりが侵蝕されてるな・・・」

萩原朔太郎　「(遠くを見て)・・・ああ、本当だ・・・」
島崎藤村　「志賀くんもあそこに向かってるようだね」
萩原朔太郎　「い、行こう!」

などと、しゃべっている島崎たちの前にも登場する侵蝕者。
侵蝕者を倒しながら文豪たち、散る。

12

同・進んだ場所

依然として志賀は、襲いかかる敵と戦い続けている。
萩原がそこに合流して――

萩原朔太郎　「し、し、志賀さん、休んでて!」
志賀直哉　「(かなり息切れして) はあ、はあ。いや、侵蝕者の数が増えてきてる。中心に近づいてる証拠だ。一気にケリをつける!」

押し寄せた他の文豪たち、志賀に加勢して奮闘するが、
志賀も休むことはせず、さらに激しく戦う。

やがて霧が大量に発生。文豪たちの視界が遮られる。

国木田独歩「なんだ、この霧は・・・」
島崎藤村「どんどん濃くなっていくね」
萩原朔太郎「これじゃ、敵の居場所がつかめない」

どこからか、ビュッ、ビュッ、と矢が放たれた音。
皆、その音に反応し、自らの武器で防いだりするが――

坂口安吾「ぐっ！」
萩原朔太郎「だ、だ大丈夫？」
坂口安吾「なんとかな」
国木田独歩「気を付けろ、霧の中から矢を放ってきているぞ」

ビュッ、ビュッ、とさっきより大量に矢が放たれる。
見えないながらも何とか防いだり、防げなかったり――

坂口安吾「どんどん矢が来やがる！」
萩原朔太郎「か、隠れてないで出てこい侵蝕者！」

萩原、怯えながらも銃を撃ちまくる。

国木田独歩　「よせ萩原、この視界じゃ、俺らに当たる可能性もある」
萩原朔太郎　「でもこのままじゃ」
島崎藤村　「このままじゃまずい。いったん引こう」
志賀直哉　「いや、引くな！」
全員　「!?」
志賀直哉　「さらに罠が仕掛けられている可能性がある」
島崎藤村　「だけどこの視界じゃどこに向かえばいいか、すら・・・」
志賀直哉　「チッ・・・何か方法は」
坂口安吾　「(目を閉じて) かすかなインクの匂い・・・」
萩原朔太郎　「どうしたの安吾くん」
坂口安吾　「俺は酒とインクの匂いには敏感なんだ。かすかに風に乗って、今も空に消えていくインクの匂いを感じるぜ」
志賀直哉　「そこがおそらく侵蝕の中心だろう」
坂口安吾　「こっちだ！」

坂口がみんなを引き連れて霧の中へ――

萩原朔太郎　「え、ちょっと待って！　どっち!?　・・・狙われているような・・・」

気のせいか・・・(転ぶ) 痛い痛いよぉ・・・」

萩原も霧の中へ——

13

同・深層部

坂口安吾　「よし、霧を抜けたぞ!」

霧を抜ける文豪たち、そこは敵の中心部。
一気に敵が襲ってくる。

坂口安吾　「しつけぇなぁ!」

文豪たち、それぞれ対峙。志賀が一人で奮闘。
自然主義の二人、少し俯瞰《ふかん》で志賀の戦いっぷりを
観察している。そこに侵蝕者が襲ってくる。

国木田独歩　「加勢に来たのはいいものの・・・」

島崎藤村　「あれだけ激しく戦っていると、僕らの攻撃が志賀くんに当たっちゃいそうだよね・・・」

萩原朔太郎　「どうしよう!?」
坂口安吾　「邪魔だっての！」

依然、志賀は誰よりも戦い続ける。

志賀直哉　「俺は武者の作品を守る！」

志賀、さらに立ち回り——

志賀直哉　「純粋で、真っすぐな、武者の魂を！」

志賀、さらに立ち回り——

志賀直哉　「おまえたちに穢す権利はない！」

目の前の敵をあらかた倒す、文豪たち。

14

遠目で見ている自然主義は・・・

萩原朔太郎　「志賀さん！」

何かを発見した萩原の声に反応する志賀。
その方向を見ると、ついにボスらしき侵蝕者、登場。

志賀直哉　「おまえが、この作品を狙う親玉か」

志賀、対峙する。

志賀直哉　「おまえらは手を出すな、ここは俺が！　これは武者の作品だ。それと同時にこの作品を読んで心を打たれたすべての人たちのものだ。そして俺もその一人だ！」

志賀が、侵蝕者のボスに、斬り込む。

志賀が、侵蝕者のボスと戦っている様子を見ながら——

島崎藤村　「親友のために身を投げ出して戦う。熱いね。この作品に登場する二人のようだ」

国木田独歩　「あれだけ冷静沈着だった志賀が、親友のためになりふり構わず戦ってんな」

島崎藤村　「この【友情】という作品そのものが、あの二人の関係を表してるんだね、きっと」

などと外野で、自然主義がしゃべっている間も、志賀と対峙する侵蝕者のボス、一進一退！
侵蝕者のボスが志賀に斬り込む。
負けじと志賀も応戦。

志賀直哉　「なんだ、この違和感・・・。剣筋を読まれているような・・・」

15

現実世界

武者小路が挙動不審な様子。
その場でいてもたってもいられないといった具合——

武者小路実篤「はあ、はあ・・・」
芥川龍之介「武者さん大丈夫ですか？　少し横になってください」
武者小路実篤「こんなときに、一人休んでいるなんて・・・」
芥川龍之介「心配ありません。じきに志賀さんは侵蝕者を倒して戻ってくるでしょう」
武者小路実篤「・・・志賀さん？　・・・志賀さんって誰だっけ？」
芥川龍之介「え？　・・・」

以後、【友情】の中の様子が浮かび上がるが、
武者小路の状態もスポットで追っている――

16 【友情】の中

依然続く志賀と、侵蝕者のボス、激しい死闘。
現実の世界の、武者小路とリンクしている。

島崎藤村「力はほぼ互角か」

国木田独歩　「あの敵、志賀の動きが見えているみたいだな・・・まるで以前から志賀のことを知っているかのような」
島崎藤村　「なるほど・・・そういうことか」
国木田独歩　「何かわかったのか、島崎?」
島崎藤村　「今回の負の要素、わかっちゃったかも」

島崎、退場。
国木田たちの照明消える。

17 現実世界

武者小路、記憶を失くしたことに動揺しつつ、やってくる。

芥川龍之介　「(追いかけてきて)武者さん、落ち着いて。僕が誰かわかりますか」
武者小路実篤　「はは。もちろんだよ芥川くん、変なことを聞くんだね」
芥川龍之介　「では、今、潜書している人たちは・・・」
武者小路実篤　「えっと、朔太郎くんと坂口くん。あと自然主義の二人だろ?」
芥川龍之介　「(何かを感じ取り)・・・武者さん、ここを動かないでください。有島さんを呼んできますから」

芥川退場。一人になる武者小路。

心配をかけまいと堪えてたが、崩れ落ち——

武者小路実篤「・・・はあ、はあ・・・。何がどうなってるんだろう・・・。僕のために今ごろ、必死で戦ってくれている人がいるはずなのに・・・。そう、・・・僕の、僕の大切な友達・・・」

18

【友情】の中・志賀たちが戦っている場所

他の文豪たちも志賀に加勢しようとする。

が、侵蝕者のボスが、他の侵蝕者を呼び寄せ、

そいつらとの争いになり、加勢できぬ文豪たち。

また侵蝕者のボスとの一騎打ちに、志賀は満身創痍。

お互い、決定打を欠きながら、死闘が続く。

銃声！（戦いに一段落した萩原、隙を見て銃を放つ）

カキーンと、振り下ろした侵蝕者のボスの剣が弾かれる——

萩原朔太郎　「志賀さん！」

侵蝕者の意識が外れたその一瞬をつき、志賀が攻撃！

志賀直哉　「そらあっ！」

深手を負った侵蝕者のボス、ついに倒れる。
満身創痍の志賀も、自分が攻撃した勢いで倒れる。
再び先に起き上がった志賀、最後のとどめを刺そうとするが――

島崎藤村　「はい、そこまで！」

と、侵蝕者のボスと志賀の間に割り込む、島崎。

志賀直哉　「!?　はあ、はあ、島崎、なんの真似だ?」
島崎藤村　「殺すのはまだ早い」
志賀直哉　「何だと?」
島崎藤村　「いろいろ取材したいことがあるんだ」
国木田独歩　「島崎」

志賀直哉　「ふざけるな！　どきやがれ！」

志賀の意識が、島崎に向いている虚をついて、志賀に攻撃する侵蝕者のボス！

島崎藤村　「志賀くん！」
志賀直哉　「ぐあっ！！」

一瞬、浮かび上がる現実世界——

武者小路実篤　「(ハッとして) 今、何か・・・(実際には見えていないけれど、虫の知らせ)」

志賀、倒れる。

坂口安吾　「志賀！」

志賀、まともに攻撃を食らって倒れ込む。

島崎藤村　「(志賀の近くに寄って) ちょっと大丈夫かい？　そんなつもりじゃな

かったんだから、しっかりしてよ」

他の侵蝕者と戦い終えた萩原、坂口たち。
各々のタイミングで志賀のもとへ。
深手の侵蝕者のボス、態勢を整えるべく、去る――

国木田独歩「待て！」
坂口安吾「待ちやがれ！」
萩原朔太郎「安吾くん！　い、い、今は志賀さんの手当てが先だよ」
坂口安吾「くそう」

ぐったりとした志賀を引き連れ、光の方へ消えていく文豪たち。
音楽が高まっていき、照明は消えていく――

19

帝國図書館（現実世界）

現実世界に戻ってきている国木田と島崎。

国木田独歩　「悪いな。取材対象・・・逃げられちまった」
島崎藤村　「志賀くんも怪我しちゃった・・・(しゅん)」
国木田独歩　「どうして志賀を止めたんだ?」
島崎藤村　「彼が抱える負の要素、たぶんわかった」
国木田独歩　「彼って?」
島崎藤村　「武者くんだよ。鍵はあの作品、【友情】の中で描かれた裏側、武者くんと志賀くん、二人の友情に内包した見えないほころび、そこに侵蝕者は入り込んだんだと思う」
国木田独歩　「!?」

島崎、さらに国木田に会話(ロパク)、
照明チェンジ——

20

廊下

一瞬、虫の知らせを受けた武者小路と、芥川、有島がいる。

芥川龍之介　「武者さん・・・大丈夫ですか?」

有島武郎　「悪い夢でも見たのか？」
武者小路実篤　「あ・・・悪い夢っていうか、なんか虫の知らせが走ったような」
芥川龍之介　「（飲み物を渡し）これ飲んで落ち着いてください」
武者小路実篤　「（飲み物を受け取り）ありがと・・・まだ潜書したままなのかな」
有島武郎　「もうじき戻ってくるよ・・・」
声
（萩原朔太郎）　「はあ、はあ、はあ。早く！　早く！」
武者小路・
有島・芥川　「!?」

坂口と萩原、息を切らしてやってくる。

有島武郎　「（近寄り）おかえり！」
武者小路実篤　「みんな！」
萩原朔太郎　「あ、あの、と、取り乱さないで聞いてください（神妙な面持ち）」
武者小路・
有島・芥川　「（生唾を飲み込む）」
萩原朔太郎　「あ、あのね、うう・・・」
武者小路実篤　「朔太郎くんがまずしっかりしようか」
萩原朔太郎　「驚かないで・・・聞いても驚かないでよ、うう」

武者小路実篤　「朔太郎くん、しっかり！　何があったの？」
坂口安吾　「志賀が、やられた」
武者小路・
有島　「え!?」
武者小路実篤　「変な冗談は嫌いだな」
有島武郎　「メガネ割るよ」
坂口安吾　「メガネは割るな、ほんとだ」
芥川龍之介　「こっちには戻ってきてるのかい？」
坂口安吾　「一命はとりとめて、今、補修室にいる」

芥川、有島、急いで退場。坂口もついていく。
武者小路も駆けつけようとするが、
何か脳内によぎり、動きが止まる。

萩原朔太郎　「（武者小路の動きが止まったのに気付き）ど、どうしたの、武者さん？　・・・」
武者小路実篤　「大丈夫、先行ってて」
萩原朔太郎　「大丈夫そうには見えないよ。さっきから元気がないもの」
武者小路実篤　「ごめん。少し一人にしてほしいんだ。あとですぐ行くから・・・」

萩原も退場。

武者小路実篤「またださ・・・またこの感じ・・・。志賀の、志賀の顔が思い出せなくなる・・・」

ふと脳内に浮かんでくる、侵蝕者。

武者小路実篤「君は・・・。どうして僕の大事な友達を・・・やめてくれ・・・」

脳内の侵蝕者が消える。

武者小路実篤「その人は！　・・・。（ふと記憶が飛び）あれ・・・誰だっけ・・・。取り戻さなきゃ・・・僕の記憶・・・」

21 補修室

手当てを受けた志賀。芥川と有島たちがやってくる。
後に、坂口、萩原も。

芥川龍之介　「(駆けつけて) 志賀さん」
有島武郎　「(同じく駆けつけ) 志賀君、大丈夫!?」
志賀直哉　「はは、なんだおまえら。萩原たちに何か言われたのか? 大げさだなあ」
萩原朔太郎　「(あとからやってきて) 大げさじゃないよ、だって志賀さんは」
志賀直哉　「わざわざ騒ぎ立てることじゃない」
芥川龍之介　「だけど、深手を負ったんじゃ」
志賀直哉　「いつかこんなやりとりの場面、体験したことあるな」
芥川龍之介　「僕がやられたときですね」
志賀直哉　「あーそうだ」
芥川龍之介　「あのときは僕が、今の志賀さんのように深手を負って」
志賀直哉　「・・・確か、太宰の本に潜書したあとだったか」
有島武郎　「志賀君のことだから、いつも以上に無茶したんだね」
志賀直哉　「親友の作品を守りたい、そう思うのは当然のことだろ」
芥川龍之介　「お互いのことを思いやれる大事な存在がいるのは、ある意味、羨ましいです。だけど、志賀さんのような美しい存在を失うわけにはいかない」
志賀直哉　「別に俺は美しくないよ。太宰だって俺の作品を批判してたろ? 苦労を知らぬ上流階級の暗夜はどこにあるんだって」

芥川龍之介「強烈なエゴイズムが内包する彼にはそう映るだけです。するどい刃物のような文体を持つ彼にとっては、志賀さんは理解の範疇《はんちゅう》から逸脱してるんです」

志賀直哉「龍の分析は面白いな」

芥川龍之介「志賀さんの美しさは文章の技巧とかレトリックとかじゃない。僕が思うにそれは、志賀さんの思考や正直さにあるんだと思ってるよ」

志賀直哉「・・・はは。龍にそう言われると、元気になってきた感じする」

芥川龍之介「だからって今は、潜書は禁物ですよ。武者さんとの関係とは程遠いかもしれないですが、僕にとっても志賀さんという存在は大切なんです。だから無茶をして命を落とすなんてことがあれば・・・」

志賀直哉「・・・すまない、龍だって俺にとって大事な存在だ。その相手を悲しませるのは良くないな。けど、ほんとに次こそは」

芥川龍之介「潜書するなら態勢を整えるべきです。皆も協力してくれるはずです」

坂口安吾「そうだよ」

芥川龍之介「志賀さんを追い込んだなんて、よっぽどの侵蝕者だったんでしょう?」

萩原朔太郎「いや、実は・・・」

芥川龍之介「何だい?」

萩原朔太郎「(坂口に押され)あと一歩で相手にとどめを刺せそうだったんだよ」

有島武郎「じゃあどうして」

萩原朔太郎　「なんというか、邪魔が入って」
有島武郎　「邪魔?」
坂口安吾　「島崎だよ」
芥川龍之介　「島崎・・・?」
萩原朔太郎　「はい」
芥川龍之介　「・・・島崎藤村のことかい?」
萩原朔太郎　「侵蝕者を取材するとか言って」

芥川、血相を変えて退場。

坂口安吾　「あ、島崎のとこ向かったな、ありゃ」
萩原朔太郎　「(不安げ)あの二人、仲良くないから大揉《おおも》めするんじゃや」
武者小路実篤　「(登場して)志賀・・・」
志賀直哉　「おいおい、一足違いで武者まで来ちゃったよ、また同じ説明しなきゃいけないのか?　有島、武者に状況教えてやってくれ」
有島武郎　「ちょっとヘマはしたみたいだけど、たいしたことないんだってさ」
志賀直哉　「武者は俺より自分の心配しろ。頭痛は治ったのかよ」
武者小路実篤　「僕は全然、平気さ」
島崎藤村　「拝啓、志賀直哉様。もう随分と前のことなのに、初めて出会ったときのことは鮮明に思い出せるよ」

志賀直哉　「ま、武者は何聞いても、そう言うに決まってるか」

島崎藤村　「あの頃、僕らは学生で、志賀はやけに大人びて見えた」

志賀直哉　「聞いた俺が馬鹿だった」

国木田独歩　「拝啓、武者小路実篤様。そう思ってたのか？　まあ実際に年上だったわけだしな」

志賀直哉　「またすぐにでも【友情】ん中、潜書してくる」

島崎藤村　「俺が落第して学年が一緒になったことで武者と仲良くなれた」

国木田独歩　「あの頃は、毎日のように遊んで、そして手紙を出し合ってたな」

志賀直哉　「邪魔が入っただけで、もう浄化できるところまで追い込んだんだ」

芥川龍之介　「いつかのときに志賀が言ってた」

武者小路実篤　「ごめん、三人とも席を外してくれるかな」
有島武郎　「・・・」
坂口安吾　「・・・わかった」

萩原と坂口、遅れて有島も退場。

島崎・国木田・芥川　「自分には心を打ち明けられる友達がいない」
志賀直哉　「なんだ、武者、改まって」
武者小路実篤　「大丈夫だよ、もう潜書しなくて」
坂口・有島・萩原　「だからそういう友達になってほしい」
志賀直哉　「・・・どうしたんだ?」
坂口安吾　「志賀は多くの友人に囲まれていたから」

武者小路実篤　「危ないところだったんだってね」

有島武郎　「まさかそんな風に声を掛けてくれるなんて思いもしなくて」

志賀直哉　「またその話か。俺より自分の心配しろ」

萩原朔太郎　「天にも昇るような気持ちだった」

武者小路実篤　「でも君は怪我をしているのに」

六人　「それからその言葉通り」

志賀直哉　「君・・・？」

六人　「僕らはずっと一緒だったね」

武者小路実篤　「あの作品が消滅しても、それはそれでいいんだ。命を懸ける必要なんてない」

島崎藤村　「僕は今、新作を書きはじめたんだ」

武者小路実篤　「だってあれは自分の、志賀への、恨みを書いたものだから」

国木田独歩　「でき上がったら真っ先に志賀に見せるから」

武者小路実篤　「昔を思い出すし、もう見たくもないんだ」

芥川龍之介　「一番に読んで感想を聞かせて」

志賀直哉　「・・・本気で言ってるわけじゃないよな?・」

有島武郎　「その新作の題名を聞いて、思わず笑ってしまったよ」

武者小路実篤　「気付かなかった?　僕はあの作品で君のことを書いたんだよ」

坂口安吾　「【友情】とはさすが武者だな」

武者小路実篤　「君は、僕より売れて、尊敬されてた・・・」

萩原朔太郎　「ひねりなしの真っすぐな題名」

武者小路実篤「いつもそうだ」

六人「武者っぽくていいな」

武者小路実篤「いつだって僕を差し置いて先に行ってしまう」

島崎藤村「作品の中には、友情含め、若者が体験するであろう青春の全てを盛り込みたいんだ」

武者小路実篤「だからずっと書き直したくて」

芥川龍之介「だから迷える若者たちに特に読んでもらいたい」

武者小路実篤「だって、君は小説の神様だから」

国木田独歩「悩んで、間違えて、立ち止まって、うまくいかないことも多いけど」

武者小路実篤「そんな君を、【友情】に登場させたんだ」

萩原朔太郎　「それでも前向きに突き進もう」

武者小路実篤　「親友を裏切る作家、大宮として」

坂口安吾　「そう思ってもらえるように」

武者小路実篤　「だから正直、あの作品が消滅したところで、それはそれでいいと思ってる」

志賀直哉　「(胸ぐらを掴み) おまえ、いい加減にしろ!」

志賀、胸ぐらを掴んでいた武者小路を突き放し、退場。
痛みと怒りを堪えながら――

有島武郎　「志賀君・・・」

武者小路実篤　「ごめんね・・・今の僕には、わからないんだ・・・君のことも・・・僕のことも・・・」

有島もずっとそのやりとりを聞いている――

22

同・島崎たちがいる場所

静かに怒りながら、芥川、登場。

芥川龍之介　「(島崎を見つけて) 君、どういうつもりなんだ。なぜ邪魔をした、君のせいで、志賀さんは怪我を負って・・・」

島崎藤村　「僕が何を言っても君は納得しないんじゃないかな」

芥川龍之介　「それを決めるのは僕だよ」

島崎藤村　「じゃあ、邪魔をするつもりも、傷つけるつもりもなかった。この説明で満足かい」

芥川龍之介　「それは君の言う真実ではないだろう。自然主義の作家が聞いてあきれるね」

島崎藤村　「ほら、納得しなかったじゃない。君にとって僕が志賀くんを怪我させた事実は変わらないんだから、それ以上を追及するだけ時間の無駄だよ」

芥川龍之介　「・・・相変わらず君とのやりとりは不毛のようだね」

島崎藤村　「僕もそう思う」

芥川と島崎、一触即発。と、そこに——

国木田独歩　「まあまあまあ！」

国木田、仲裁に入る。

国木田独歩　「芥川が怒るのもわかる。だが敵は有碍書にあり、ここで争っても仕方ないんじゃないか？　それよりも、ここで掴んだネタを整理しようぜ」

芥川龍之介　「・・・・・・何かわかったと？」

島崎藤村　「うん。新発見だ、さっき本の中で遭遇した侵蝕者は、人の弱みを使うのが上手みたいだね」

芥川龍之介　「人の弱み？」

島崎藤村　「うん。あれはきっと、志賀直哉自身なんだよ、もう一人の」

芥川龍之介　「もう一人の、志賀さん？」

島崎藤村　「正確にいえば、武者くんの負の感情がつくり出した志賀直哉くん」

芥川龍之介　「それはありえない。武者さんにとって、志賀さんは唯一無二の親友だ。そこに負の感情が入ってたなんて」

島崎藤村　「どうしてありえないって言えるの？」

国木田独歩　「あいつらは生きていたときから、小説家になるずっと前から一緒にいた。それだけ長くいりゃ、外野にはわからない感情のひとつやふたつ、抱えていたって不思議じゃない」

島崎藤村「それが何か、あと一歩でわかるんだけどな」

国木田独歩「志賀は気付いているのかね。武者小路が抱えていた気持ちを」

そう話題になっている武者小路と志賀、

それぞれスポットで――

やがて照明は、そのまま武者小路のいる場所の照明に――

23

同・武者小路たちがいる場所

物思いに耽《ふけ》る武者小路。

遠くの方でいまだ消え続ける文字たち。

武者小路実篤「・・・・・・・」

その近くに、恐る恐る近づいてくる有島。

有島武郎「・・・武者さん、さっきの冗談でしょ?」

武者小路実篤　「何が？」
有島武郎　「僕の知っている武者さんはいつだって自分を信じて、理想を掲げていて。人を傷つけることなんて・・・志賀君に言い放ったこと、嘘だよね」
武者小路実篤　「・・・わからない、わからないんだ。どうしてあんなことを言ったのか・・・・・・」
有島武郎　「ああでも言わないと、志賀君がまた【友情】の中に潜書すると思ったからだろ？　あんな体でまた潜書したら、今度こそ志賀君が命を落とす。それをしてほしくないからあえて、あんな発言を・・・そうだって言ってくれよ」
武者小路実篤　「僕、思っていたよりも志賀のことを知らなかったのかもしれない」
有島武郎　「えっ？」
武者小路実篤　「・・・あんなに眩しい人だっけ」
有島武郎　「武者さん！　一人で潜書する気？」
武者小路実篤　「自分の作品の侵蝕だから、自分で道を切り開かないと」
有島武郎　「じゃせめて僕も一緒に」
武者小路実篤　「有島！　【友情】は僕にとっていちばん大事な作品だ！　それから志賀も！　白樺派のことも！　だから僕一人だけで行く。自分が信じられるうちに行かなくちゃいけない。僕には時間がないんだ」
有島武郎　「あせっちゃだめだ。死んでしまうよ」

武者小路実篤　「大丈夫だよ。自分の作品のことだから自分がいちばん良くわかってる。なんとなく侵蝕者の正体に見当ついたし」

有島武郎　「だめだ。今すぐみんなを呼んで・・・」

武者小路、消えていく文字たちの方へ。

武者小路の周りに、光が集まってくる。光に包まれ出す。

有島武郎　「武者さん！」

武者小路実篤　「（光に包まれていきながら）僕が帰ってこなかったら、志賀には【友情】は僕が自分の意思で消したって言って」

有島武郎　「武者さん！　武者さ――――ん！」

武者小路、光の中に完全に消える――

24

島崎と国木田と芥川がいる場所

（と同時に一人潜書した武者小路）

芥川龍之介「それじゃ君たちはこう言うんだね。唯一無二の親友だからこそ、ほころびがあると」
島崎藤村「そう。そしてそれが、【友情】という作品と結びついている」
芥川龍之介「志賀さんは言っていた。武者はいつだって自分のそばにいる。だから俺は真っすぐ前を向いていられる、と」
国木田独歩「お互いが自分の味方だって信じて疑わない。だけどそれが失われたとき、とてつもない絶望を生む」

別空間（【友情】の中）。
武者小路の行く手を阻む侵蝕者たち。対峙。

島崎藤村「そもそも、武者くんはどうして【友情】を書こうって思ったんだろうね」
国木田独歩「アンタも、【友情】の内容、よく知ってるだろ?」
島崎藤村「脚本家・野島と、作家・大宮の間には固く結ばれた友情があった。それがとある人物の登場によって、失われてしまう」
芥川龍之介「その要約の仕方は語弊がある。どちらを失ってもなお前向きに逞《たくま》しく生きていく様《さま》が描かれているんだ」
島崎藤村「僕に言わせれば、人はそんなに強くはいられないけどね。僕が著者ならば、失われたものの重さに絶望するという形で終わらせるかな」

芥川龍之介　「普通の、純文学の作家であればそんな悲しい結末にするだろうけど」
国木田独歩　「そう、それだよ。武者小路は、それをあえてしなかった。自分自身の、理想の【友情】に重ね合わせたんだろうな」
島崎藤村　「だけど本当は、心のどこかでひそかに武者くんも思っていたんじゃないかな？『親友である、あいつさえいなければ』と・・・」

（同時進行・有碍書の中）

武者小路実篤　「どこにいるんだ、隠れてないで出てこい・・・」

現実世界と【友情】の中、シンクロ――

島崎藤村　「そんな彼の小さな負の感情に、侵蝕者が入り込み、増殖して」
芥川龍之介　「・・・」
武者小路実篤　「出てきて一騎打ちをしよう！　僕は逃げも隠れもしない！」

侵蝕者のボス、その言葉に呼び寄せられたのか、登場。

武者小路実篤　「行く手を阻むものがあれば、この手で切り開く！」

と本の中で、侵蝕者のボスと激しく戦い出す。

（以下、同時進行での現実の会話）

島崎藤村　「主人公、野島はずっと大宮に憧れていた。大宮に対する思惑というのは、すなわち、志賀に対する思惑」

芥川龍之介　「それは違う」

島崎藤村　「どうしてそう言い切れるの？」

芥川龍之介　「彼らの文学は、自然主義とは違う。現実と、物語の中が必ずしも一致はしないよ」

島崎藤村　「だけど現実とまったく関係ないとも断言はできないんじゃない？　いずれにせよ、武者くんにとって親友というのは大きな影響を及ぼしてる」

芥川、その場から退場。

島崎藤村　「ある意味、羨ましいね、独占取材したいよ」

国木田独歩　「何をだ？」

島崎藤村　「彼らの友情についてさ。友情を失うことなんて、とっくの昔に慣れちゃったよ」

国木田独歩　「友情を失ったことがあるのか?」
島崎藤村　「君がそれを言うの? 僕はいつも置いていかれてばかりだったよ。国木田にも、花袋（田山花袋《たやまかたい》）にもね」

少し寂しげな表情を浮かべる島崎。

国木田独歩　「・・・」
島崎藤村　「なーんてね。ただ僕が長生きしちゃって。見たくないものまでいっぱい見てきちゃっただけだよ」
国木田独歩　「・・・俺にはわからないな」
島崎藤村　「だろうね。君は自身の才能が評価されたことも知らなかった」
国木田独歩　「ああ、正直ここに来て、自分が作家だったって初めて知ったよ」
島崎藤村　「国木田は、編集者だったものね。いろんな雑誌を刊行していた。僕は当時はそれを読むただの一介の、無名の詩人だった」
国木田独歩　「そうそう。いつからアンタはこんな感じなんだ? 昔は、ロマンの香り漂う詩人だったのに」
島崎藤村　「『まだあげ初《そ》めし前髪の　りんごのもとに見えしとき』、懐かしい」
国木田独歩　「もう詩は書かないのか?」
島崎藤村　「詩はもう辞めたよ」
国木田独歩　「どうして辞めたんだ?」

島崎藤村　「どうしてだろうね。詩では食べていけなかったからか、はたまたライバルが消えちゃったからか」

国木田独歩　「俺たちのせいかよ」

島崎藤村　「いずれにせよ言えるのは、詩人であり続けられるほどには、僕は強くなかった」

国木田独歩　「・・・俺がもう少し長生きできてりゃ、アンタも詩を書き続けてくれたのかね」

島崎藤村　「何を言っても、過去のことは変わらないよ。僕たちの道は別れた。それが真実だ」

何やらまた不穏な雰囲気――

国木田独歩　「ん？　雲行きが怪しくなってきた・・・」

島崎藤村　「武者くんの作品が侵蝕されているのに、別の文学が侵蝕され出したってことかな・・・」

国木田独歩　「あの文章は・・・」

島崎藤村　「【暗夜行路】だね」

国木田独歩　「ついに志賀の作品にまで侵蝕か。白樺派、正念場だな」

島崎と国木田の照明が落ちる。

25

志賀のいる場所

坂口、登場。

坂口安吾　「よお、怪我の具合はどうだ？　小説の神様とて、完全無欠じゃないんだな」

志賀直哉　「喧嘩を売りに来たのなら近寄らないほうがいい。今、虫の居所が悪いんだ」

坂口安吾　「別に喧嘩を売るつもりはねえよ。芥川に、あんたの監視役任されてな、ほっといたら、すぐ【友情】の中に潜書しそうだから」

志賀直哉　「もうその必要はなくなったんだ」

坂口安吾　「どういうことだよ?・」

志賀直哉　「あの作品を書いた作家に直接聞いてくれ」

坂口安吾　「・・・?　武者小路となんかあったのかな」

志賀直哉　「あったとしたらなんだ?・」

坂口安吾　「あ、いや、別に変な意味じゃなく。不謹慎な話だが、そんな状態のあんたを見てると、むしろ親近感が湧くよ」

志賀直哉　「なんだと?・」

坂口安吾　「おたくらは悩みや葛藤なんて無縁な感じがするからさ。喧嘩もするんだな。いやあ俺はむしろ悩んでばっかりなんだよ。太宰やオダサクとは親友だが、同じ道を歩んでいるってわけじゃなかったんだ。だから、いつのまにかどこかに消えてしまった」

志賀直哉　「・・・」

坂口安吾　「同じ道を歩んでいれば、ずっと一緒にいられたのかねえ」

志賀直哉　「・・・今は一緒にいるじゃねえか」

坂口安吾　「とはいえ休暇中とか言って、一体何をしているのやら。それに比べたら、羨ましいよ。あんたにとっての武者小路はいつもそばにいるんだろ？　まあ、今は灯台下暗しというか、そばにいすぎて見えなくなったことあるのかもしれないがな」

志賀直哉　「灯台下暗し、か」

坂口安吾　「いったん堕落しきってもいいと思うぜ」

志賀直哉　「・・・」

坂口安吾　「堕ちきった場所にも届く光はあるさ」

芥川、息を切らしながら登場。

芥川龍之介　「はあ、はあ、二人とも！　武者さんの行方、知らないか？」

坂口安吾　「え？　いないのか」

志賀直哉　「さっきまで一緒だった。今はもうそうじゃないが」
萩原朔太郎　「（登場して）他の部屋も見たけど、やっぱりいないよ！」
芥川龍之介　「参りましたね、早く見つけ出さないと、自分が自分でなくなる可能性もあります」
志賀直哉　「どういうことだ？」
芥川龍之介　「僕も、自分の作品が侵蝕されかけたときに妙な感覚に襲われました、自分の中から今までの記憶が消えていくような」
志賀直哉　「何？」

有島も恐る恐るやってきて、
遠くでその会話を聞いている。

萩原朔太郎　「あの侵蝕は、書いた本人にまで影響を及ぼすんですか？」
芥川龍之介　「ああ、放っておけば、自分がどこに立ってて、何のためにそこに存在してるのかさえ見失う可能性も」
志賀直哉　「そういうことだったのか・・・」
有島武郎　「もしかして武者さん、自分でもそれをわかってて・・・」

思わず声を出した有島に、皆の注目が集まる。

芥川龍之介　「有島さん！　何か知ってるのかい？」
有島武郎　「いや、武者さんはわかってたからこそ、一人でまた自分の本の中に潜書したんだ」

全員、動揺。ざわつく——

芥川龍之介　「自分一人で潜書したって？　有島さんはその場に居合わせたのかい？」
有島武郎　「はい。一人でなんとかするから誰にも言わないでくれって！」
坂口安吾　「言ってるよ！　誰にも言わないでってこと」
有島武郎　「言わざるをえないよ、だって武者さんが武者さんじゃなくなるかもしれないんでしょ」
萩原朔太郎　「志賀さん、どうしよう！」
志賀直哉　「・・・」

何やらまた不穏な雰囲気——

坂口安吾　「おい、こんなときに、また新たな侵蝕か・・・」
萩原朔太郎　「一度にふたつの作品が・・・」
有島武郎　「あの文章はもしかして・・・」

志賀直哉　「（汚される文章を見ながら）・・・ついに俺にも順番が来たか」
芥川龍之介　「有島さん、武者さん、そして次に志賀さんの作品が侵蝕されるなんて」

登場する国木田と島崎。

国木田独歩　「明らかに白樺派を潰しにかかってるな」
芥川龍之介　「また性懲りもなく君たちか。何の用だい？」
島崎藤村　「またとない危機的状況。この状況で、皆がどう動くか見届けたくてね」
志賀直哉　「お目出たき人だな、自然主義ってのは」
芥川龍之介　「志賀さんはここで休息すべきだ。今無理をすれば、本当に取り返しがつかないことになります。志賀さんの作品は、僕が何とかします」
萩原朔太郎　「ぼ、僕は、武者さんの作品に潜書します！」
芥川龍之介　「そうだね、手分けしよう、君と坂口くんは武者さんの作品へ」
坂口安吾　「しれっとまた巻き込まれてる」
芥川龍之介　「カタをつけたらそちらにも潜書する。有島さん、君はここに残って、志賀さんの監視役をお願いしたい」
有島武郎　「僕が、ですか・・・」
芥川龍之介　「志賀さんのことだ、自分で何とかしたいという気持ちが人一倍強い。だが」

志賀直哉　「わかったよ。ここで待っていりゃいいんだろ」
芥川龍之介　「休むこともまた務めですよ。たまには僕たちのことも頼ってください」

芥川、退場。

国木田独歩　「さあ、面白くなってきたなぁ」
島崎藤村　「また密着取材、進めますか」

国木田と島崎も、芥川たちを追って退場。

志賀直哉　「悪い有島。一緒に龍に怒られてくれないか？」
有島武郎　「それってもしかして・・・」
萩原朔太郎　「そうだね。志賀さん、一緒に潜書しよう」
有島武郎　「えっ、ちょっと。芥川さんに言われたことを忘れちゃったのかい」
萩原朔太郎　「・・・素直に従う気はないんだよね」
有島武郎　「萩原さん？」
武者小路実篤　「志賀・・・」

萩原朔太郎　「僕はこの図書館に来るときに見たんだ。あの闇の中で一筋に輝く光・・・武者さんと志賀さん、理想を目指す二人を」

志賀直哉　「・・・・・・確か、武者の作品の中にもこんな風に選択を迫られる場面があったな。親友との友情を取るか、それとも愛すべき人との愛を取るか」

有島武郎　「志賀君？」

志賀直哉　「今、俺にはふたつの選択肢がある。ここで自分の身を守るか、親友を守りにいくか」

有島武郎　「志賀君がまずやるべきことはそのボロボロの体を治すことだ」

島崎藤村　「それでも前向きに突き進もう」

国木田独歩　「そう思ってもらえるように」

芥川龍之介　「何十年も何百年も語り継がれる名作にしないとな」

武者小路実篤　「大丈夫だよ、もう潜書しなくても」

三人　「僕らはずっと一緒だったね」

志賀直哉「大宮ってヤツは、親友との友情よりも、愛すべき人との愛を選んだんだっけな。俺は両方・・・」
萩原朔太郎「両方?」
志賀直哉「(皮肉めいた感じで笑い)愛すべき友との友情だ」
萩原朔太郎「志賀さん」
有島武郎「・・・わかった。君が死なないよう、全力で守るよ」
志賀直哉「・・・ありがとう」
坂口安吾「よし! 堕ちるところまで、堕ちきりますか!」
志賀直哉「武者、待ってろ。もう二度と、おまえに背を向けたりしない。絶対、絶対に俺が助けてやる」

そう言い放つと志賀、光の中へと入っていく。

26

有碍書【友情】

依然、侵蝕者のボスと死闘を繰り返しながら登場の、武者小路。

武者小路実篤「この動き、志賀そのものだ。強いね、志賀・・・」

斬ったり、斬られたり、かわしたり、いなしたり――

武者小路実篤「(攻撃を受ける)ぐっ・・・」

戦いながらも徐々に押されていく武者小路。

武者小路実篤「・・・志賀? 記憶がどんどん薄れてく・・・今まで見てきたこと、感じたこと、全部奪われたら、僕が僕でなくなっちゃう・・・。忘れちゃダメだ・・・大切な約束も、大切な友達の顔も・・・」

侵蝕者のボス、攻撃の手を緩めない。
もはや防戦一方になる武者小路。
やがてガードそのものにも力がなくなり、吹き飛ばされる。
侵蝕者のボス、さらに何かを吸収する動き。
周りから何かが集まってる。

武者小路実篤「・・・そうか、僕の負の感情を、吸収し続けてるのか・・・どうりで敵わないはずだ・・・」

倒れたままの武者小路。

27 一方その頃、【暗夜行路】の中では・・・

芥川龍之介　「ぐあ!」

芥川、靭帯《じんたい》あたりをやられたようだ。
足を引きずりながら戦っている。

芥川龍之介　「この国でもっとも美しい文学を汚すとは。愚か過ぎますね」

戦い続ける芥川、だが多勢に無勢。
刃もやがて落とされ、丸裸。

芥川龍之介　「ただでは死ねないな。君たちを地獄へと道連れにしない限り」

芥川、周りを囲まれ、万事休すかと思われたが、
びゅ、びゅ、と矢が飛んでくる（国木田の矢）。

かと思えば、切り込んでくる島崎。
姿を見せた国木田と島崎。
そこらの侵蝕者をいなして、敵と対峙。

芥川龍之介「ま、また何の邪魔を?」
国木田独歩「誤解するな、取り組み方の違いはあれど、文学を守りたいってのは一緒だ」
島崎藤村「それに、侵蝕者より面白い取材対象だよ、あの二人の友情とやらは」
芥川龍之介「・・・・・・」

28 再び【友情】の中

倒れたままの武者小路の前に、近づいてくる敵。

武者小路実篤「近づいてくる・・・立ち上がらなきゃやられちゃう・・・。はあ、はあ、視界も狭まって・・・こんなところでやられたら僕らの理想郷が・・・僕ら? あれ、僕らって誰のことだっけ? ・・・約束してたはずなんだけど・・・誰か大切な人と・・・あれ・・・大切な約束

「・・・なんだっけ・・・」

ゆっくりと浮かび上がる一筋の光。

後光により、シルエットのような状態。

武者小路実篤「そこに立ってるのは・・・誰・・・。ねえ、君・・・誰なんだい?」

志賀直哉「武者、思い出せ」

萩原朔太郎「本当に仲がいいんだね・・・羨ましいな」

志賀直哉「俺たちはいつも一緒にいただろ」

島崎藤村「まあ無理もないか。親友の作品が侵蝕されているわけだから」

志賀直哉「忘れるんじゃない、大切なものを」

国木田独歩「あれだけ冷静沈着だった志賀が、親友のためになりふり構わず戦ってんな」

志賀直哉　「失くすんじゃねえぞ、決して」

坂口安吾　「あんたにとっての武者小路は、いつもそばにいるんだろ?」

志賀直哉　「命をかけて生み出したおまえの作品」

芥川龍之介　「お互いのことを思いやれる大事な存在がいるのは、ある意味羨ましいよ」

志賀直哉　「武者!」

有島武郎　「武者さんは、志賀君のことを深く理解しているんだね」

文豪たち（武者小路以外）「忘れるな!!!」

志賀直哉　「（作品としての）【友情】を思い出せ!!!」

文豪たち（武者小路以外）「（二人の）友情を!!!!」

武者小路実篤　「友情・・・」

後光が弱まり、顔がはっきり見える。
それは志賀だ。

志賀直哉　「武者！」

武者小路実篤　「志賀・・・そうだ、志賀だ！　僕の理想郷には、いつも志賀がいるんだ」

志賀直哉　「まだここは理想郷じゃないぞ。その途中の途中だ」

武者小路実篤　「え・・・あれ・・・理想郷じゃないの？　じゃ、ここ、どこなんだっけ？」

志賀直哉　「しっかりしろ、ここは侵蝕されたおまえの作品の中だ！」

武者小路実篤　「そうか・・・僕の作品の中か・・・あれ・・・一人で潜書したはずなんだけど・・・なんで志賀が・・・有島のヤツ、しゃべるなって言ったのに」

志賀直哉　「有島は関係ない。自分で選んだ道だ！　・・・武者？」

志賀、襲ってくる侵蝕者のボスに対して対峙。

しばし、殺陣。武者小路も傷つきながらも加勢。

志賀直哉　「武者!?」
武者小路実篤「僕、思い出したよ・・・【友情】の物語を・・・。真の友情とは、真実を告げずに友のもとを去っていくことじゃなくて、たとえ離れていても、たとえ傷つけたとしても、友を思い続けることなんだって!!!」

やがて志賀、戦い続けたことで傷口が——

武者小路実篤「無茶しないで! ここは僕が!」
志賀直哉　「無茶をするな? 無茶をするから道は切り開ける! そうやって生き抜いてきたんだ!」
武者小路実篤「バカだな、志賀は」

志賀と武者小路、侵蝕者のボスとさらなる死闘。
満身創痍の志賀、何やら言霊《ことだま》で自分に言い聞かせながら攻撃。
侵蝕者のボスも押される。

29 【暗夜行路】の中

芥川と自然主義たち、共闘してボスを倒し、登場。
光が溢れ出す――

芥川龍之介　「君らに借りをつくったな・・・」
国木田独歩　「まだ戦いは終わってねえよ。武者小路のほうにも潜書しないと」
島崎藤村　「今頃、あっちも大変なことになってるだろうね、また志賀くん、潜書してたりして」
国木田独歩　「あんなボロボロの体で?」
島崎藤村　「ありうると思う」
国木田独歩　「わからねえな。なんでそこまでして」
芥川龍之介　「きっと何百回取材したってあの二人のことはわからないよ。理屈とか、過去の経験則じゃ測れない。彼らを突き動かすものはもっと別のところにあるんだ」

芥川たち、光の中へと消えていく――

島崎藤村　「予測不能って面白いなあ」

30

【友情】の中

有島と萩原、坂口も遠くに登場。
その志賀の勇姿を見届ける。

坂口安吾「志賀のヤツ、すげぇな」
有島武郎「武者さんも」
萩原朔太郎「あんな力どこに残ってたんだろう・・・」
有島武郎「きっと、お互いのためだったら、どこからか力が湧いてくるんじゃないかな」

戦っている志賀と武者小路をピックアップ。

武者小路実篤「はあ、はあ・・・志賀、まだバテてない、よね!」
志賀直哉「はあ、はあ、当然だ。はあ、はあ・・・こういうときは、不思議と誰かさんの言葉が頭によぎる」

志賀、侵蝕者のボスとの力比べを切り返し、間を取る。

武者小路実篤　「誰かさんの言葉？」
志賀直哉　「もう一歩。どんなに苦しいときにも、もう一歩。いちばん大事なときにこそ、もう一歩！」

侵蝕者のボスとまた死闘。

武者小路実篤　「いい友達を持ったね、志賀、その誰かさんって誰なんだろう」
志賀直哉　「さあな！」
武者小路実篤　「僕もこういう面食らうほどしんどいとき、誰かさんの言葉が浮かぶよ。心を打ち明けられる友達になってほしい、って。その言葉で思い直すんだ。僕は、一人じゃないって！」

武者小路も、志賀に負けじと力を振り絞る。

志賀直哉　「(息切れしながら) ふっ、いい友達を持ったな。そいつに感謝しろよ」
武者小路実篤　「(息切れしながら) お互いにね！」

まだ続く死闘。
志賀と武者小路、ふらふらながらも倒れない。
侵蝕者のボスも、大きなダメージを食らいながらも立っている。

武者小路実篤「まずい、他の侵蝕者が集まってきた」

やがて他の侵蝕者たちが登場する。
侵蝕者のボスを援護すべく、志賀と武者小路の周りに群がる。
数的不利な状況に陥る志賀と武者小路。
だが、そこに有島、坂口、萩原もやってきて——

有島武郎「ここは任せて」

志賀・武者小路「有島⁉」

萩原朔太郎「お二人は、あいつらを（と侵蝕者のボスを指差す）」

坂口安吾「頼んだぜ！」

武者小路実篤「みんな！」

有島も侵蝕者のボス以外の奴らと対峙する。
志賀と武者小路は、侵蝕者のボスに再び集中。
またしばらくの殺陣があった後——

志賀直哉「はあ、はあ・・・武者、そろそろ決めるぞ！」

武者小路実篤　「はあ、はあ・・・この長い長い暗闇を抜けたら、見えるかな・・・・」
志賀直哉　「ああ見えるさ・・・そこが俺たちの、理想郷だ！」

志賀と武者小路二人の、双筆神髄！
侵蝕者のボスを殲滅！
有島たちは、歓喜の声！
志賀と武者小路、そのまま力尽きる。
やがて遠くの方に光の筋が生まれる――

坂口安吾　「おい、あれ見ろ」
芥川龍之介　「光の筋だ・・・」
萩原朔太郎　「やった、浄化、成功だ！」

皆、光の方へ向かう（退場）。

志賀直哉　「（力を振り絞り）武者、あそこまで歩けるか？」
武者小路実篤　「なんとか（同じくほぼ限界）」

志賀たち、歩き出す。

武者小路実篤　「ほんとはゆっくり休ませてもらいたいもんだがな」
志賀直哉　「まったくだ・・・。だが、ゆっくりしてたらあの光が消えてしま
・・・ん？」

ふと後ろを向くと、武者小路がいない。
途中で力尽きたようだ。

志賀直哉　「おい、武者！（と武者小路のもとへ戻る）武者！　おい、しっかり
しろ。肩を貸してやるから！」
武者小路実篤　「ちょっとだけここで休んでから行くよ。先行ってて」
志賀直哉　「そんなことしてる間に出口がふさがるだろ」
武者小路実篤　「いいってば。だいたい志賀だって怪我してるだろ。ほら、すぐ行くっ
てあとで」
志賀直哉　「あーあ、じゃ俺も一休みだ」

と志賀も戻ることを諦めて、座り込む。

武者小路実篤　「は？　何やってんの？　早く行きなよ」
志賀直哉　「正直いやあ、武者の言うとおりだ。お前に肩貸して戻れる体力なん
てない」

武者小路実篤　「なんでだよ、志賀は行きなよ!」
志賀直哉　「俺一人で戻ったところで龍たちに合わす顔がない。そもそもほんとはここに潜書するのも止められてたんだ。だから俺も武者とここにいる」
武者小路実篤　「・・・バカだなあ、志賀って」
志賀直哉　「おまえほどじゃないけどな」
武者小路実篤　「・・・」
志賀直哉　「まあ、でも考えようによっちゃいいじゃないか。武者の作品の中で、俺たち二人だけってのも・・・まあ、この上ない贅沢な気がする」
武者小路実篤　「なんで助けに来たの?・・・」
志賀直哉　「そんなことに理由がいるのか?」
武者小路実篤　「・・・聞いた僕がバカだった」

武者小路、痛みを堪えながら立ち上がり――

武者小路実篤　「志賀、僕を殴って!」
志賀直哉　「なんだ、いきなり?」
武者小路実篤　「ごめん、さっきまで曖昧だったけど・・・だんだん記憶が戻ってきた。ううん、記憶をなくしていた分、心の奥底にあったものがより鮮明に見えてきた・・・僕は昔からずっと志賀が羨ましかった。才能もあって、名作も書けて、神様と言われて。大好きだった」

志賀直哉「聞いたよ、その話」

武者小路実篤「だけどそれと同じくらい怖かったんだ。成功した志賀が僕から離れていってしまうんじゃないかって。・・・そんな邪《よこしま》な感情が、きっと侵蝕者の餌になったんだ。自分の弱さが、こんな事態を招いたんだ。だから殴って!」

志賀直哉「そういうことならわかった。じゃ、手加減なしで本気でいくぞ!」

武者小路実篤「・・・だけど、ちょっとは手加減してくれてもいいと思ってる!」

志賀直哉「おらあ!(と殴る)」

武者小路実篤「(吹き飛び)ぐはっ」

武者小路、痛すぎて、のたうち回っている。

志賀直哉「どうだ、今の感想は?」

武者小路実篤「痛い・・・めっちゃ痛い・・・だけどこれでいいんだ!(と立ち上がる)この痛みが、バカな自分への戒めだ!」

志賀直哉「・・・武者、じゃ、俺からもひとつ頼み事いいか?」

武者小路実篤「何? もう一発とかはほんと勘弁したいんだけど」

志賀直哉「今度は俺を殴ってくれ」

武者小路実篤「え?」

志賀直哉　「いや、やっぱやめよう」

武者小路実篤　「早っ！　言いかけてやめるまでが、はっや!?　だいたい、なんで僕が志賀を殴らなきゃいけないんだよ」

志賀直哉　「俺も武者小路実篤という作家が大好きだ。何でこんなに文学と真っすぐに向き合えるんだっていつも感心してた。尊敬してた。その反面・・・悔しかった。俺と似たような境遇のはずなのに、俺は・・・家からも勘当されて・・・行くあてもなくて・・・そんな中でも武者はいつも前向きで、前向きな言葉が余計に俺をイラっとさせて。武者になんか俺の苦労がわかるか！　なんて思うこともあって・・・」

武者小路実篤　「だから殴れってわけだね！　わかった、じゃ本気でいくよ」

志賀直哉　「手加減はありでいいからな」

武者小路実篤　「手加減ないよ、そんなこと思ってたバカなヤツを本気でぶっとばすんだ！」

志賀直哉　「ああ、ちょっとやっぱ中止で」

武者小路実篤　「ドタキャンはない！」

武者小路、志賀を殴る。

志賀直哉　「ぐはあ！」

志賀、吹き飛んで倒れる。

志賀直哉「ああ・・・歯が三本折れた」

武者小路、志賀の肩を軽く叩く（などして、じゃれる）。

武者小路実篤「こんな場面、確か太宰くんの小説の中にもあったな、【走れメロス】だったかな。僕たちなら、〝走れ志賀〟だね」

志賀直哉「なんだよそれ。俺が走るのかよ」

武者小路実篤「（笑って）あはは、そうそう。志賀が自転車で走るんだ」

志賀・武者小路、グータッチのあと、笑顔。

武者小路実篤「さあて、これからどうしよう」

志賀直哉「そうだな・・・あっ」

武者小路実篤「え？」

志賀直哉「あそこ、遠くにまた光の筋が・・・」

武者小路実篤「もしかして、出口？」

志賀・武者小路「今ならまだ、間に合うかも！！」

志賀直哉　「よーし、行くぞ武者」

どん、どん！　と何か地響きのような音。

志賀直哉　「おい次は、何だ?」
武者小路実篤　「これは嫌な予感がするなあ」

ずどん、ずどん、と高まる音。

志賀直哉　「なんか来る。なんか来るぞ」
武者小路実篤　「みんな助けに来てくれたのかな・・・」
志賀直哉　「こんな地響きするほどの足音するわけねえだろ!」
武者小路実篤　「(遠くを見て) ああ、侵蝕されかけていた文字たちだ!」
志賀直哉　「え!　あの隕石みたいに降りそそいでるの、文字なのか!?」

ずどん、ずどん、と文字が降ってくる。

武者小路実篤　「この本が浄化されたことで、文字たちが元の場所に戻されてるんだ!」
志賀直哉　「元に戻るのは結構だが、俺たちがまだ本の中にいるんだぞ!」

武者小路実篤　「！」
志賀直哉　「くっ、こんなときに、せめて自転車があれば・・・」
武者小路実篤　「なんか自転車、発見！」
志賀直哉　「あそこまで走れ！！！」

ずどん！　ずどん！　大量に降ってくる文字たち。

志賀直哉　「でかいのが、こっちに近づいてくる！！」

ずどん！　ずどん！　大量に降ってくる文字たち。

その中に埋もれていく志賀と武者小路、
自転車にまたがり逃げ去る！
絶体絶命のまま、照明、消えていく——

31

現実世界

有島、神に祈りを捧げる。

坂口安吾「おい、有島。何やってんだ？」
有島武郎「罪深き僕らが唯一できること。ただ祈ること、信じること」
坂口安吾「おい、そんなことで」
萩原朔太郎「祈りましょう」
芥川龍之介「（登場し）何やら由々しき事態のようですね」
文豪たち「芥川さん！」
坂口安吾「志賀の作品は浄化できたのか？」
芥川龍之介「うん、志賀さんは今どちらに？」
有島武郎「今それ説明してると長くなりますんで、とにかく芥川さんも祈りましょう」
芥川龍之介「まだ状況が理解できてないけれど」
萩原朔太郎「二人なら真っ暗な無法の闇の中でも希望の光を絶やすことはない」
芥川龍之介「それって」
有島武郎「奇跡を信じましょう。僕らがアルケミストに転生してもらったことだって奇跡だ。だったらまた奇跡が起きたって、何ら不思議はないですよ」

皆が祈ったり、応援したり——

32

帝國図書館（現実世界）

志賀と武者小路（と自然主義）以外の文豪たちがいる。

芥川龍之介　「とにかく武者さんの作品が守られたことは良かった」
有島武郎　「ええ、なんとか」
芥川龍之介　「志賀さんの作品も浄化できました。そこまでは良しとしましょう。
ですが・・・肝心の武者さんが戻ってこないと」
有島武郎　「申し訳ない！（すいませんでした！）」
（萩原朔太郎）
芥川龍之介　「しかも、絶対安静の志賀さんまで潜書していたとは」
有島武郎　「申し訳ない！（すいませんでした！）」
（萩原朔太郎）

と芥川たちに謝罪。

芥川龍之介　「・・・・・・」
声　「まあ、謝ったって、戻ってこられないものは仕方ない。ありのまま
（国木田独歩）　を受け止めるしか」

皆の視線は、遠くから観察していた自然主義の二人に――

萩原朔太郎「あの、独歩さん、藤村さん、自慢の取材力で、本から脱け出せる方法、見つけてないですか!?」

国木田独歩「ま、自慢の取材力でわかったことといやあ、出入りを司《つかさど》る光に入り損ねたら脱出不可能ということだな」

島崎藤村「その脱出の機会を自ら逃したんだからね・・・」

萩原朔太郎「・・・じゃあ、ずっと本の中に閉じ込められたままってこと?」

皆、いろいろな思いをかみ殺している様子。

萩原朔太郎「(涙が込み上げてきて)うう・・・。せっかく友達ができたと思ったのに・・・。孤独からようやく抜け出せるかと思ったのに・・・うう」

チャリンチャリン――

坂口安吾「おい、あれ!」

萩原朔太郎「!?」

自転車でやってくる武者小路（と後部座席の志賀）。

「武者！」「志賀！」などと出迎える文豪たち。

武者小路実篤　「みんな、おまたせ！」

島崎藤村　「え、なんで⁉」

武者小路実篤　「なんで自転車に乗れたかって？　そう、自分でも不思議！」

島崎藤村　「いやいやいや、なんで戻ってこられたかって聞いたんだよ」

武者小路実篤　「あー、そっちか」

国木田独歩　「光はもう失われたはずだろ？　本から抜け出せる方法なんて」

武者小路実篤　「確かに、現実世界への出入り口は途絶えたね。だけど、僕と志賀は二人っきりになって、そこでお互いの思いも、わだかまりも吐き出して、本気のグーで殴り合うまでして！　で積年の想いを全部吐き出したら、遠くの方に、ちっさな小さな光が見え出して、それは僕が望んでた理想郷への光さ」

有島武郎　「本物の理想郷への光が見え出したってこと・・・」

武者小路実篤　「信じれば必ず道はできる。僕らが望んでいた自転車までそこにはあって、すぐさま後部座席に志賀をのっけて、その小さな光めがけて走り出したわけ。ね、志賀！　最高のツーリングだったね！」

志賀直哉　「どこが最高だ、どっかんどっかん、文字が降りそそいでたろ」
武者小路実篤　「確かに！　すごかったな、ハンドルを右に左に切ったりして。にしても、本当になんで自転車に乗れたんだろ？　今も乗れるかな？（もう一度、自転車にまたがってみる）志賀、見て！　行くよ！」
志賀直哉　「危ない危ない！　なんでこっち来るんだよ！」
武者小路実篤　「危ないって、どいてよ！」
志賀直哉　「武者がこっち来なきゃいいだけだよ！」
武者小路実篤　「わざとじゃないよ！」

フラフラ運転の武者小路。
志賀が逃げ、周りを巻き込む。
逃げる文豪たちの方にばかり進む、武者小路の自転車。

武者小路実篤　「あれえ、なんでまた乗れないんだあ」
萩原朔太郎　「本当に良かった」
有島武郎　「きっと無我夢中だったんだね、そのときは。志賀君を助けたい一心で」
芥川龍之介　「無事で何よりです」

皆も安堵の表情。

志賀直哉　「あ、そういえば、俺の作品も侵蝕されたんじゃ」
芥川龍之介　「志賀さんの作品は大丈夫ですよ」
坂口安吾　「無事、浄化したみたいだぜ」
志賀直哉　「そうか、良かった。龍、ありがとな」
芥川龍之介　「お礼なら、自然主義の二人に言ってください」
志賀直哉　「島崎と国木田に？」
坂口安吾　「なんだかんだで、芥川もやばい状況に追い込まれてさ、そのとき、あとから合流した二人が助けてくれてたみたいだ」
国木田独歩　「別に礼を言われるほどのことじゃない。助けたっていう感じでもないし」
島崎藤村　「僕たちはただ興味の湧く対象が変わっただけだよ。侵蝕者より、君たちの友情ってものにね」
志賀直哉　「それはそれは・・・」
武者小路実篤　「ありがとう！（と、がっつり笑顔で迫る）」
国木田独歩　「わ、びっくりした。怪我してるのに元気だな、アンタ」
武者小路実篤　「もしこの先、自然主義の文学も狙われることがあったら、白樺派代表として僕が全力で守り抜くからね！」
島崎藤村　「それはどうも・・・」
芥川龍之介　「何はともあれ、今度こそ本当に休んでくれますね？」

志賀直哉　「言われずとも今度こそ本当にそうするさ」
有島武郎　「良かったよ、一時は白樺派そのものがどうなるかと」
武者小路実篤　「ごめんね、有島、心配かけて」
志賀直哉　「まったくだ。だいたい【友情】が消滅してもいい作品だなんて、くだらないこと言うから有島だって困惑したろ」
武者小路実篤　「あ、えっと、ちょっと記憶にないな」
志賀直哉　「都合よく記憶失くすな、もう浄化されたから平気だろ」
武者小路実篤　「そんなことで惑わされる志賀や有島が悪いんだよ、どんなことがあっても、白樺派の結束は揺らがないんだから」
有島武郎　「いつもの前向きさが戻ってきたな」
萩原朔太郎　「本当に良かった」
島崎藤村　「まだまだ取材しがいがあるね」
国木田独歩　「メモメモ（とメモる）」
武者小路実篤　「なあ、志賀」
志賀直哉　「何だよ、武者」
武者小路実篤　「志賀が一緒なら、そこがもう理想郷かもしれない」
志賀直哉　「何なんだ、そのはがゆい感じ。まだまだ俺たちの理想郷は先だよ」
武者小路実篤　「えー、まだまだ先なの〜?」
志賀直哉　「甘えるな、武者。今度は後ろに乗れ、チャリで一気に近づいてやる!（と自転車にまたがる）」

特別研究

舞台の世界

演出家

吉谷光太郎

文豪の一刀は、一筆。
実は〝業〟を斬っているのだと思います

役者の皆さんにいちばん最初に伝えたのは、あなたたちは剣豪ではなく、文豪である、ということです。言葉によって人々や社会を動かす人物を演じるのだから、言葉によってお客さんを変えていくような意識を持ってほしい、ただ斬って勝った負けたでは、この作品の真髄は導き出せません、と話しました。

演出的なことでいうと、文豪の世界を描くということは創作者の苦悩がテーマとなるので、手間のかかるアナログ的なつくり方をしようと、あえて映像表現は避けることにしました。アンサンブルが文字のプレートを持っていたり、もやもやとした感情を表現しているのにはそういう意図があります。また、実際にフィジカルで負荷を与えられると、感受性の強い役者は変わります。例えばアンサンブルが夏目漱石としてセリフを言い、そのあと同じキャストが侵蝕者となって現れると、芥川としては敬愛する夏目漱石を斬るかのよ

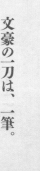

Profile

よしたにこうたろう
1976年大阪府生まれ。
ポリゴンマジック所属。
ミュージカル「スタミュ」、ミュージカル「ヘタリア」シリーズ等2.5次元舞台の演出から舞台「RE:VOLVER」シリーズ原案・脚本・演出、連続ドラマ＆舞台「KING OF DANCE」脚本・演出を務めるなど幅広いフィールドで活躍。

うな、辛い感情になります。お客さんには視覚的にわかりやすく、役者には重い意味を感じさせる、そんな仕掛けを施しています。

この作品における一刀は、僕は〝一筆〟だと思っています。そして斬っているのは、侵蝕者のかたちを借りた、業《ごう》である、と。作品を生む苦しみ、書き続ける苦悩、そこでは何か大切なものを犠牲にしているのかもしれない。一筆一筆が重い、とお客さんに感じてもらえたら正解なんだろう、と。そして文豪たちの言葉って難解なところがあるじゃないですか、「人生は地獄よりも地獄的だね」とか。聞き流せば流せるけど、「?」と思ったり、当時の社会背景がそう言わせているのかなと考えたり。難解なものを知ろうとしたり解こうとしたりする、受け手からアプローチしてもらえるような作品づくりも大切だと、この作品を通して改めて感じました。

なるせさんの脚本は巧みですよ。蜘蛛の糸とか突然現れる自転車とか、待ってました、という気持ちにさせられます。演出家としては毎回難題で、マジか、と思っていますが（笑）。

僕らはずっと舞台の上で〝困難に立ち向かい、それを乗り越えることが大事だ〟とメッセージを伝えてきました。だから今ここですべきことは作品をつくり続け、それは決して嘘ではないと見せることだと思います。火種を絶やさない、その覚悟を新たにしています。

文豪たちの書簡

拝啓

武者小路実篤役 杉江大志様

志賀直哉役 谷佳樹

Yoshiki Tani

大志と初めて会ったのは、文劇の顔合わせでした。初めて交わした言葉が「侵蝕者って何て読むんですかね?」だったのはよく覚えています。

若くてイケイケで器用そうだなぁというのが大志の第一印象でした。正直に言うと、これが終わったらあんまり関わらないんだろうなあと思っていました。それが今ではこんなにも居心地のいい、無言でいても気にならない、むしろ安心感があるほど大事な相棒になるとは、自分でも驚いています。

やはり、二人であの大きな山を乗り越えた、ということは特別なんだと思います。W主演、本当はめちゃくちゃ怖くて、どこまでできるのか自分たちがいちばん謎だったと思います。できないことを二人でひとつずつ、ぶち破りながら進みましたよね。大志の悩んでいるところを見ていたし、僕の弱いところも大志にはありのまま見せました。今では大志の表情ひとつでどんな気持ちなのか、すぐわかります。

大志はすごくお芝居に熱くて、だからこそ暴走しちゃうときもありますが、本当にヤバいときは僕が「大志、出てるよ」とボソッと止めに入るので、気持ちのままにぶつかっていってほしいと思います。だって誰よりも作品のことを考えているのは大志だと思うから。

実は以前、役者って何なんだろうとすごく悩んだことがあります。個人の力で仕事をしているのに、絶対個人プレーではダメで。みんなで力を合わせないとできない…難しさ。だから、一人のほうが気楽で、またこの座組で会おう、とか言わないタイプでした。そんな僕が大志に対しては会いたいし、もし困っていたら、仕事でもプライベートでも何であっても助けたいと思っています。そして志賀さんと武者小路さんみたいにずっと一緒にいるだろうなとも思っています。

大阪公演のときは勝手にカニを食べに行って、ごめんなさい。いつか城崎温泉で一緒にカニを食べましょう。

谷佳樹

Profile

たによしき　1987年大阪府生まれ。2.5次元ダンスライブ「ツキウタ。」、舞台「信長の野望・大志」シリーズ、舞台「アオアシ」等に出演。2020年「せっけんのソップとよっちゃん」で絵本作家としてもデビュー。

文豪たちの書簡

拝啓

志賀直哉役・谷佳樹様

武者小路実篤役

杉江大志

Taishi Sugie

谷やんの第一印象は、物腰柔らかいな〜、でした。同い年くらいかと思ったら結構年上で、でも敬語とかいらないからねって言われて、気が付いたらタメロでしたね。

最初はあんまり個人的な会話はなかったけど、谷やんのお芝居に対する真摯な姿勢を見ていて、すごく素敵だなと思っていました。だから、一作目は谷やんのほうが話の軸になるところを背負っていて、僕は反対に谷やんとばっかりだったから、二人のシーンでは僕が頑張って考えて、いろいろ投げられるようにしようと思っていました。

「コンコン志賀」のところについて、ずっと二人で話したよね。あれでお互い、すごく意見を交わすようになって、それで関係がキュッと深まったかなと思っています。

谷やんとは感覚とかスタンスが似ているので、一作目のときから楽だなあ、波長が合うなあとは思ってはいたんだけど、二作目のときは頭から、もう谷やんと一緒なら大丈夫、と確信していました。良くんの太宰が魅力的で唯一無二だったので、文劇を引き継ぐというのはとても大変だったけど、谷やんがスタートからエンジンをかけてくるタイプで、僕がスロースターターなので、前半は谷やんがみんなを引っ張って、後半は僕が、というのもバランスが良かったと思います。

谷やんをひとことで言うと、愛くるしい、です。みんなにいじられる優しいお兄さんで、上にも下にも好かれていて、ムードメーカーで。でも実はしっかり強いプライドがあって、それを傷つけられるとムッとなる。そういうところも全部ひっくるめて、愛くるしいと思っています。居心地が良すぎて、こんな夜中だし迷惑かな、とかいっこも考えずにいつも連絡して、ごめんね。

最後は、志賀のセリフにちなんで締めます。

「谷やん、いい友達を持ったね」

あ、カニの埋め合わせ、待ってます。

杉江大志

Profile

すぎえたいし　1992年滋賀県生まれ。ミュージカル「テニスの王子様」2ndシーズン、ミュージカル「スタミュ」シリーズ、舞台「『刀剣乱舞』虚伝 燃ゆる本能寺」（再演含む）、舞台「アオアシ」、映画「メサイア ―幻夜乃刻―」等に出演。